Das Leben zeigt uns den Weg

Danach, das weiß ich,
können wir die Welt umarmen, trotz der un-
übersehbaren Unvollkommenheit der Menschen
oder vielleicht sogar gerade deswegen.

Alexander Frank

Das Leben zeigt uns den Weg

Die Handlung und alle handelnden Personen sind frei erfunden. Jegliche Ähnlichkeit mit lebenden oder realen Personen wären rein zufällig.

Bibliografische Information der Deutschen Nationalbibliothek:
Die Deutsche Nationalbibliothek verzeichnet diese Publikation in der Deutschen Nationalbibliografie; detaillierte bibliografische Daten sind im Internet über http://dnb.dnb.de abrufbar.

TWENTYSIX – Der Self-Publishing-Verlag
Eine Kooperation zwischen der Verlagsgruppe Random House und BoD – Books on Demand

© 2018 TWENTYSIX – Alexander Frank

Herstellung und Verlag:
BoD – Books on Demand, Norderstedt

ISBN: 978-3-740-74575-2

Andrea

Elisabeth

Susanne

Personen

Markus Hauser, Immobilieneigentümer und -entwickler

Isabel Hauser, Hausfrau und Pädagogin

Tim Kutschnig, Spitzname Timmy, Polizist

Angelika Hribernig, Spitzname Angie, Therapeutin

Lisa Strohmayer (Schwester von Markus), Steuerberaterin

Petra Müller (Freundin von Isabel), Hausfrau

Peter Müller (Freund von Markus), Manager

Schwager von Markus (Ehemann von Lisa), Unternehmer

Matthias Kutschnig (Bruder von Tim), Koch

Amelie, Hotelangestellte

Katrin, Studentin

Tamara, Lebensgefährtin von Peter

Arnold, Lokalbesitzer

Lebensgefährte von Angelika

Mutter von Markus

Vater von Markus

Mutter von Isabel

Vater von Isabel

Großmutter von Markus

Großvater von Markus

Freundin von Tim

Ex-Ehefrau von Tim

Vater von Angelika

Freund von Petra

Geschäftspartner

Ex-Freund von Katrin

Cousins und Cousinen von Markus

Kinder

Freunde

Kapitelverzeichnis

True love lasts a lifetime

Vorbemerkung des Autors

Ich entschuldige mich für etwaige Fehler, wie zum Beispiel auch Rechtschreib-, Druck- und Satzfehler, für welche keine Haftung übernommen wird.

Ebenfalls entschuldige ich mich beim Leser für die, teils vulgäre Wortwahl bzw. Ausdrucksweise, welche natürlich gezielt eingesetzt wird.

Aus Gründen des Jugendschutzes ist für dieses Buch das empfohlene Mindestlesealter das vollendete 18. Lebensjahr.

Beim Schriftbild und Zeilenabstand wurde Bedacht auf ältere bzw. sehgeschwächte Personen genommen.

Kapitel 1 – Die Begegnung

Er kniete in der letzten Reihe der Kirchenbänke, tief im Gebet. Nichts um ihn herum verriet seine inneren Qualen. Im Einklang mit seinem spirituellen Ich und von außen betrachtet ruhig und gelassen.

Es war früher Abend und der Ort an dem er sich befand, beherbergte schon seit über 1100 Jahren ein Gotteshaus. Die älteste nachgewiesene Kirche war eine karolingische Kirche aus dem 9. Jahrhundert.

Am heutigen Abend war er erfüllt von all den Schmerzen, die Menschen über 1100 Jahre an diesen Ort getragen hatten. Er spürte das Leid und die Verzweiflung, hörte das Leidklagen und er konnte die aufgesogenen Tränen auf dem Holz der alten Gebetsbank förmlich schmecken. Er fühlte sich diesen Unbekannten auf eine geheimnis- und leidvolle Weise verbunden. Und für einen Moment fragte er sich, wieso Menschen in ihren dunkelsten Stunden an diese Orte kamen und in ihren glücklichen Stunden zumeist keinerlei Gedanken daran verschwendeten und sich in der heutigen Zeit hüteten sich auch nur in ihre Nähe zu begeben.

Seine Gedanken kehrten zurück zu jenem Tag, an dem er ihn traf, ihn treffen musste. Es war ein regnerischer Tag, unterbrochen von gelegentlichen Sonnenfenstern. Er wartete auf einem

Parkplatz im Süden eines kleinen Landes, das sein Heimatland war. Sein Herz pochte mit einer Heftigkeit, die kaum kontrollierbar war, seine Hände zitterten und sein Verstand war kurz davor ihm den Dienst zu versagen. Dennoch, er wartete, hielt Ausschau nach Fahrzeugen und kontrollierte sich dabei nach besten Kräften. Sein Aggressions- und Angriffsplan war viele Wochen zuvor minutiös geplant und im Geiste hunderte Male geprobt worden. Nahe genug heran kommen und mit festem Griff um die Kehle des Mannes seinen eigenen Schädel auf dessen Nasenbein zu schmettern, um möglichst viele Gesichtsknochen dabei zu zertrümmern. Es war seine einzige Chance, da der andere jünger, schneller und sehr wahrscheinlich kräftiger sein würde, wenngleich er zweifellos in einer höheren Gewichtsklasse rangierte.

Plötzlich bog ein unauffälliges, französisches Auto auf die Zufahrt des Autobahnrastplatzes und steuerte auf den hintersten, verlassensten Winkel des Parkplatzes – den vereinbarten Treffpunkt – zu. Gelehnt an sein eigenes Auto erhöhte sich sein Pulsschlag weiter und die Schläfen in seinem Kopf begannen zu pochen. Und tatsächlich das Fahrzeug parkte nur zwei Parkplätze weiter und ein Mann stieg aus dem Auto aus. Der Mann, von dem er wusste, dass er Tim hieß, trug kurze lässige Hosen und ein Shirt und lehnte sich mit dem Rücken an sein französisches Auto. Einige Zeit verging, während der sich die Männer anstarrten, bis Tim ihn begrüßte. Mit Argwohn feuerte er eine brüske Begrüßung zurück, „Servas".

In seinem Kopf tobte ein Hurricane von noch nie dagewesener Stärke, der sich in den letzten Wochen mit einer unglaublichen Intensität und Geschwindigkeit zusammen gebraut hatte. Nach Worten ringend stand er vor Tim und ballte die Fäuste vor seinem hochgewachsenen Oberkörper, so dass seine Knöchel schmerzten. Er überragte Tim um mehr als einen Kopf.

Markus: „Weißt du was ich dir wünsche, Timmy? Ich wünsche dir, dass du möglichst bald die große und wahre Liebe deines Lebens triffst, dass sie dir über zwei Jahrzehnte mehrere perfekte Kinder schenkt und du ihr treu sein wirst und alles für sie tun wirst. Und dann wünsche ich dir, dass ein geiler Kerl, wie du daher kommt, der sie dann aufreißt und rund um den Wörthersee durch Sonn und Mond vögelt und sie schreit dabei: „mehr, mehr, mehr!". Erst dann Timmy, erst dann wirst du verstehen, erst dann und nur dann wirst du es schnallen."

Markus geht auf ihn zu und umklammert Timmys Hals mit beiden Händen. Markus zittert am ganzen Leib.

Markus: „Wenn ich der Mann wäre, der ich vor 20 Jahren war, Timmy, dann würde ich dich zermalmen. Aber der Wixer, den du aus mir gemacht hast, der darf nicht!"

Timmy hält dem Druck auf seine Kehle stand und bleibt äußerlich regungslos, seine Arme lässt er nach unten hängen. Er lässt sich würgen, gibt sich wehrlos und demütig.

Markus wird dadurch nur noch wütender und schreit: „Wenn man sich deswegen nicht prügelt, weshalb denn dann, Timmy?" Timmy entgegnet ruhig: „Aber was ändert das denn?" Markus zürnt: „Eben nichts, das ist ja die Scheiße!"

Er spürt die Kraft, die von Timmy ausgeht, seinen breiten Hals, seine kräftigen Schultern, zweifellos ein Resultat von hartem, jahrelangem körperlichem Training, dass beim Beruf eines Polizisten ein fester Bestandteil sein musste. Er löst die Umklammerung und macht wieder zwei Schritte zurück.

Markus: „Wie hast du Wixer das nur geschafft, sie aufzureißen? Sags mir ja nicht, sonst schlag ich dir den Schädel ein!" Einer Pause folgt...

Markus: „Was ihr euch da geleistet habt, das ist unsagbar; verursacht apokalyptische Schmerzen." Timmy zögert und fragt: „Wie geht es ihr? Ich vermute sie hat sich auch einiges anhören müssen?"

Markus zögert, dann geht er ganz nahe an Timmy heran und schaut ihm in die Augen, tief in seine Seele und fragt: „Liebst du sie?". Timmy antwortet ohne zu zögern und mit sicherer Stimme, „Nein!". Die Antwort kam ein paar Mikrosekunden zu schnell, zu einstudiert. Seine Intuition sowie auch seine berufliche Erfahrung im Lesen von menschlichen Gesichtern ließen sein Herz verkrampfen und seine schlimmste Befürchtung wahr werden, während er zurück taumelte.

Timmy: „Sag mir was ich tun kann und ich werde es tun!"

Plötzlich und wie vom Blitz getroffen bewegt er sich wieder auf Timmy zu, umklammerte erneut den Hals des Mannes und wollte seinen Kopf mit ganzer Kraft auf den Kopf des anderen schleudern. Markus zitterte am ganzen Leib. Timmy dröhnt: „Lass mich los und greif mich nie wieder an!".

Die beiden Männer mussten für so manche rastenden Reisenden, die von der Raststation her das Schauspiel verfolgten ein verwunderlicher Anblick sein. Ein Reisender vor seinem Wohnwagen fragte seine Frau „Glaubst du, das ist ein schwules Liebespaar?". Die Frau schüttelte stumm den Kopf, „Ich habe keine Ahnung", sagte sie. Sie wurden Zeugen einer Konfrontation unter Männern, eines modernen Duells mit ungewissem Ausgang. Aber das konnten sie natürlich nicht wissen.

Markus spürte einen stechenden Schmerz in seiner linken Schulter und dachte kurz, dass er einen Schlag bekommen hatte und verletzt sein musste, doch der Schmerz verwandelte sich in ein stetes Klopfen und riss ihn mit einem Ruck zurück ins Hier und Jetzt. Der Diakon, ein alter und buckeliger Mann, sah ihn an und sagte: „Mein Herr, bitte beenden sie ihr Gebet, ich muss die Kirche zusperren." Und so erhob er sich, bekreuzigte sich und verließ die Kirche. Er, Markus, der Atheist.

Kapitel 2 – Der Brief

Es war dunkel. Und es war völlig still um ihn herum. Markus wusste nicht, wo er sich befand. Es fühlte sich an, als würde er stehen, so viel war ihm noch klar. Sein Kopf war leer, er fühlte sich alt. Es schien ihm, als wäre er in einem Raum und er begann sich tastend vorwärts zu bewegen. Nach kurzer Zeit stieß er gegen eine glatte Oberfläche und konnte nicht mehr weiter. Plötzlich wurde es in der Ferne hell, so als ob jemand einen Lichtschalter betätigt hatte. Er sah einen beleuchteten Raum vor sich. Der Raum war leer, bis auf ein Bett, das sich in der Raummitte befand. Eine Tür öffnete sich und seine Ehefrau betrat den Raum und ging auf das Bett zu. Sie war völlig nackt und es schien ihm, als werfe sie ihm einen Blick zu. Er freute sich sie zu sehen und rief ihr zu, doch sie konnte ihn durch das dicke Panzerglas nicht hören. Da realisierte er, dass er völlig abgeschottet war und von allen Seiten von schalldichtem Panzerglas umgeben. Sein Herzschlag begann sich zu beschleunigen und eine Vorahnung ergriff von ihm Besitz. Da öffnete sich die Tür ein zweites Mal und ein Mann betrat den Raum. Er konnte sein Gesicht nicht erkennen. Der Mann trug nur eine Hose und ging langsam auf das Bett zu, auf dem es sich seine Frau inzwischen bequem gemacht hatte. Jetzt war der Mann nur mehr einen Meter von ihr entfernt. Sie sah den Mann leidenschaftlich an, während der seine Hose öffnete. Sie nahm seinen Penis in ihre Hand und führte ihn in ihren Mund. Er begann hinter der Scheibe zu schreien und mit den Fäusten gegen das Panzerglas zu hämmern. Die Schmerzen zerrissen ihm fast die Brust, während der Mann hinter der Scheibe sich seelenruhig daran machte, die Frau auf dem Bett umzudrehen und sie von hinten zu nehmen. Seine Schreie in seinem gläsernen Gefängnis wurden immer lauter und sein Herz drohte zu explodieren, während er unablässig die Scheibe mit seinen Fäusten malträtierte in der Hoffnung es würde aufhören. Der Mann aber drehte sie in eine neue Position, nahm sie von vorne, dann von der Seite und wieder von hinten. Er konnte nicht mehr, seine Tränen säumten den Boden vor dem Panzerglas, er fiel auf seine Knie und winselte um Erbarmen. Aber der Mann auf der anderen Seite nahm keine Notiz von ihm und riss die Frau jetzt ekstatisch an den Hüften, um sie mit ganzer Kraft über seinen Penis zu ziehen. Sie stöhnte vor Begierde und Leidenschaft. Das Begehren seiner Ehefrau, lies ihm das Blut in den Adern gefrieren und als der Mann endlich gekommen war, sah er auf seine Hände und sah das alles voller Blut war. Die Härte der Scheiben hatten seine Hände zerschnitten und am Glas rann das Blut langsam zu Boden. Er kniete in seinen Tränen, seinem Blut und seinem Schweiß und er hatte den Verstand völlig verloren. Der Mann erhob sich, drehte sich zu ihm und lachte ihm ins Gesicht. Er zog aus dem Nichts eine Glock – das Modell war die Standard Handfeuerwaffe der Polizei – und feuerte in seine Richtung.

Markus schreckte schweißgebadet hoch und es wurde ihm schmerzlich bewusst, dass er wieder diesen Albtraum hatte. Den gleichen, der ihn seit jenem Tag verfolgte. Er erhob sich und ging in die Küche, um ein Glas Wasser zu trinken. Dann ging er zurück in sein Arbeitszimmer, öffnet seinen Computer und begann zu schreiben....

Tim,

Du hattest kein Recht meine Frau zu nehmen, auch wenn sie sich dir hin gegeben hat.

Isabel hat mir verboten dich zu verletzen. Sie sagt: „vermutlich zeigst du mich an"; und nach allem was ich von dir gelesen und gesehen habe, hat sie sehr wahrscheinlich Recht damit. Wie erbärmlich das ist, ist schwer in Worte zu fassen. Du hast keinen Respekt, du hast kein Verantwortungsbewusstsein, du hast keinen Mut und du hast keinen Funken Ehrgefühl. Du bist kein Mann. Du bist Niedertracht und Feigheit.

Irgendwo in dir steckt ein feiner Kerl, sonst hättest du sie nicht aufreißen können. Und du hast sie beeindruckt, ihr ihre Lieblingsschokolade mitgebracht und du hast sie gut und hart durchgefickt. Und das obwohl du genau gewusst hast, dass sie verheiratet ist. Aber du kennst sie nicht, du hast letztlich keine Ahnung von ihr.

Ich muss mit deiner kleinschwänzigen Wix-Visage für den Rest meines Lebens klar kommen und du hast nicht mal den Respekt mir in die Augen zu schauen und mir einen Abschluss zu ermöglichen. Du hast wirklich nichts mit einem Mann zu tun.

Und so muss ich damit leben und meine Hoffnung ist gering, dass du in diesem Leben zu einem Mann wirst.

Frauen gründen Familien mit Männern und bekommen Kinder mit Männern. Davon bin ich überzeugt.

Markus

Einigermassen zufrieden schob er den Brief in einen Umschlag und beschloss diesen am nächsten Tag aufzugeben. Dann ging er zurück zu seinem Bett und fiel in einen unruhigen, jedoch traumlosen Schlaf.

Kapitel 3 – Die Therapeutin

Markus stand in seinem Büro und konnte sich nicht auf seine Arbeit konzentrieren. Seine Gedanken wanderten ständig zurück an den Tag der Abrechnung auf dem Autobahnparkplatz.

Seine Gedanken trugen ihn förmlich zurück zwischen die beiden Autos, die eine Art Arena um sie bildeten. In diesen Sekunden stand alles auf Messers Schneide. Er wollte Timmy verletzen, ihm möglichst viele Knochen brechen, doch er sah die Reue in Timmys Augen und er verstand, dass Timmy sie liebte und er konnte keinen Mann verletzen, der ihm keinerlei Gegenwehr und alle Demut bot. Langsam löste er seine Hände von Timmys Hals und zog ihn zu sich, er umklammerte ihn mit festem Griff und hielt ihn fest. Plötzlich spürte er Timmys Arme um seinen eigenen Körper. Dann packte er ihn mit der rechten Hand an den Haaren und sagte: „Ich verzeih dir diese Scheiße! Und das ist das Schwerste, was ich in meinem Leben machen musste! Wenn du Isabel nicht aufgerissen und gefickt hättest, würden wir uns vermutlich sogar gut verstehen." Timmy stammelte mehrmals völlig verdattert seinen Dank und er spürte Timmys Erleichterung. Er sprang in seinen Wagen, warf Timmy einen letzten Blick zu und brauste davon. Tränen stiegen in ihm hoch und er übersah fast den

LKW, der auf den Autobahnzubringer einbog. Sein Weg führte ihn an einen Ort seiner Kindheit, nur unweit jener Stelle wo sie sich getroffen hatten. Ein kleiner Moor-See in den Hügeln über Velden. Markus beschleunigte auf die Autobahn und nahm die östliche Ausfahrt und über den Bahnhof hinauf in den Wald. Der Wagen schlängelte sich den Hügel hinauf. Er fuhr mit hoher Geschwindigkeit, aufgeputscht von den Emotionen der Begegnung. Sein Gehirn war im Ausnahmezustand und er war klug genug zu wissen, dass er so nicht lange Autofahren konnte. Er parkte den Wagen auf dem Parkplatz eines Restaurants in das er schon mit seiner Großmutter gekommen war. Dort brachen alle Dämme und er weinte für eine lange Zeit. Als er einigermaßen zu sich kam, stieg er aus dem Auto aus und marschierte den schmalen Weg entlang des Moors zu Fuß zum See. Es begann zu regnen und er war ganz alleine, keine Menschenseele war zu sehen. Trotz des aufziehenden Wetters beschloss er durch den See zu schwimmen und durch die Erinnerung an seine Kindheit Beruhigung und Sicherheit zu suchen. Er liebte dieses seidenweiche Wasser, das seine Haut umspielte und nur dort so roch. Das Wasser im See warm wärmer als er dachte und der spätsommerliche Regen prasselte auf seinen Kopf, während er seine Tempi machte und immer wieder einen Schluck Wasser gegen die trockene Kehle nahm. Markus schwamm rund 20 Minuten als er mitten im See plötzlich eine Berührung am rechten Fuß wahrnahm. Die irrationale Seite seines aufgewühlten Gehirns, sah Timmy wie er ihn am Fuß packte und in die Tiefe zog. Doch es handelte sich nur um einen Fisch der ihn wohl gestreift hatte und so schwamm er weiter ans andere Ufer, um sich dort auf dem warmen Stein im See auszuruhen und seine sieben Sinne langsam wieder zusammen zu sammeln. Wie er so da lag erinnerte er sich an die Worte seiner Ehefrau, die ihn an einen Termin mit der Therapeutin erinnerte. Er musste diesen Termin wahrnehmen, sie verlangte es, sie hatte die Therapeutin ausgewählt. Er riss sich wahrlich nicht darum, aber er wusste, er musste es tun. Es war Zeit die Dämonen der Vergangenheit zu befreien. Aber er fürchtete, dass bereits ein neuer Dämon von ihm Besitz ergriffen hatte. „Ein Dämon für einen anderen", dachte er bei sich.

Kurze Zeit darauf fand er sich im Wartezimmer eines renovierten Hauses in einem angesehenen Vorort von Wien. Er hatte dort seine dritte Therapie-Sitzung und dieses Mal war es eine Einzelsitzung.

In der ersten Sitzung mit seiner Frau war es hoch her gegangen. Er war wütend gewesen und hatte gepoltert: „Bin ich etwa der verfluchte Ike Turner, der dich an Timmys Schwanz geprügelt hat?" Dann kam er etwas zur Ruhe: „Das wünsche ich niemandem, dass man seine eigene Ehefrau fragen muss, was der andere im Bett besser gemacht hat." Es pendelte hin und her, Wut und Versöhnung, Wegstoßen und heißer, lebensveränderter Wiedervereinigungssex waren die täglichen Wechselbäder in denen er aktuell baden musste.

Als er erzählte, dass er kürzlich wie ferngesteuert vor dem Bücherregal stöberte, ohne recht zu wissen, was er da eigentlich machte und ihm ein Buch in die Hände fiel, dass er seit über 20 Jahren nicht mehr gesehen hatte, bekam er Gänsehaut. Dieses Buch war mit ihnen in die USA übersiedelt und verbrachte dort die gemeinsamen Auslandsjahre, dann reiste es wieder zurück und erlebte noch weitere gemeinsame Übersiedlungen in Europa unbeschadet. Als Markus es in die Hand nahm, las er die Widmung auf der ersten Seite: „Für meine geliebte Ehefrau, die mir im kommenden Jahr eine Tochter (oder doch einen Sohn?) schenken wird. Viel Spaß beim Lesen. Weihnachten 1996 #". Ein Buch von Isabel Allende, was ihm seine Liebe für Mittel—und Südamerika und speziell für Guatemala in Erinnerung rief. Tränen stiegen ihm in die Augen und sein Herz krampfte, als er das Zitat von Pablo Neruda ein paar Seiten weiter las: „Drum muss ich noch einmal zurück an so viele Orte, um mich wieder zu finden und rastlos zu prüfen, zum Zeugen einzig den Mond, und danach munter zu pfeifen; Steine und Erdbrocken zu kicken, einzig damit betraut zu leben, einzig verwandt mit dem Weg. Pablo Neruda, Der Wind". Markus dachte dabei an die oft harte und schmerzhafte Zeit seines Aufwachsens.

Und an diesem Abend begann er der Therapeutin von seiner Kindheit zu erzählen, von Dingen die er Jahrzehnte begraben hatte, über die er einen Schleier des Schweigens gebreitet hatte. Das seine Mutter nach der Scheidung keinen Lebenswillen mehr hatte, sich mehrmals versucht hatte das Leben zu nehmen. Mit einer Überdosis Medikamente, durch Sprünge aus Dachbodenfenstern und das er die kleine Schwester großziehen musste. Die Therapeutin sagte solche Dinge wie, „Schön, dass du auch positive Erinnerungen an deine Mutter hast, dass du mit ihr lachen konntest. Das ist wichtig." Und so fuhr er fort und erzählte von den schmerzlichen Erfahrungen, der Unsicherheit und den schweren Depressionen der Mutter. Er erzählte von den vielen Männern, die sie ausgenutzt hatten und die Familie an den Rand des finanziellen Ruins getrieben hatten. Das sie wohl an einem gebrochenen Herzen und viel zu früh gestorben ist. Er ließ nichts aus, es sprudelte nur so aus ihm heraus. All die jahrzehntelangen unterdrückten Gefühle, Schmerzen und Ereignisse brachte er zu ihr, der Therapeutin. Und sie ließ es zu.

Dann war er still und die Therapeutin sagte, „Mir sind ebenfalls schreckliche Dinge widerfahren", und sie erzählte ihm viele Details ihres Martyriums, was ihr Vater mit ihr gemacht hat, und dass sie es ihrem Vater so lange nicht verzeihen konnte. Dann begann sie von Ihrer Ehe zu erzählen und das ihr etwas Ähnliches passiert war, wie ihm. Ihr Ex-Ehemann hatte noch dazu alle pikanten Details in ihrer Familie und im Freundeskreis breit getreten und verbal um sich geschlagen, sich eine Auszeit von seiner Arbeit genommen und ihr keine Alimente für ihre gemeinsamen Kinder bezahlt. Er zettelte einen Rosenkrieg an und einmal entführte er ihre Kinder für einen ganzen Monat. Für sie war es der schlimmste Monat ihres Lebens. Ihr Ex-Mann hatte wenig ausgelassen, um sie zu demütigen.

Markus empfand eine tiefe Verbundenheit mit dieser Frau, die ihm nach nur drei kurzen Begegnungen einen so intimen Einblick in ihre Seele gegeben hatte und was er da sah war wunderschön. Ganz selbstverständlich machte sie ihn zum Geheimnisträger von diesen wichtigen Dingen in ihrem persönlichen Leben. Er hatte so etwas noch nie in seinem Leben erlebt. Er empfand es als eine Vertrautheit, die nicht in Worte zu fassen war. Unerklärlich. Schön. Rein.

Bei dem Gedanken daran, dass sie im gleichen Ort aufgewachsen war, wie seine eigene Ehefrau bekam Markus Gänsehaut. So unerklärlich wie die Tatsache, dass Tim im gleichen Ort geboren wurde, wie sein Vater.

Kapitel 4 – Isabels Freundin

Er setzte sich auf sein Rad. Musste seinen Kopf frei bekommen und an die Luft, bevor er zu ihrer Freundin fahren konnte. In seinem Kopf drehte sich alles von der Nacht zuvor, der Nacht die sein Leben für immer verändern sollte. Er fuhr hinaus auf den Berg und durch die Weingärten. Er liebte den Wein. Markus konnte keinen klaren Gedanken fassen. Wieso nur? Er verstand es nicht. Hoffte, ihre Freundin würde ihm Antworten geben können. Vor allem auf die eine, die wichtige Frage. Bevor er zu Isabel ging und sie konfrontierte, würde er mit ihrer Freundin sprechen. Das war seine Entscheidung. Er kam zu Petras Haus und läutete. Die Freundin kam heraus und mit fast unmerklicher Verwunderung bat sie Markus herein. Er hatte einen Ablauf dieses Gesprächs überlegt und begann mit ihr über ihre Kinder zu sprechen, über die Dinge des täglichen Lebens, Belanglosigkeiten. Dann schwenkte er behutsam zum Teil mit Ihrem neuen Lebensgefährten, für den sie ihren Ehemann verlassen hatte, aber nicht bevor sie diesen mit einigen anderen Männern betrogen hatte. Er sagte: „Petra, du weißt was Liebe ist, weil du deinen Mann für die wahre Liebe verlassen hast, du verstehst was es bedeutet wahrhaft zu lieben." Petra runzelte die Stirn und fühlte sich zunehmend unwohl, ließ sich aber nichts anmerken und nickte zustimmend. Er setzte unbekümmert fort, „Du kennst Isabel so gut, ihr habt eine intensive weibliche Freundschaftsbeziehung, die ich als Mann bei weitem nicht ganz verstehen kann, je verstehen werde. Du kennst Isabel, du weißt was sie bewegt." Dann hielt er inne und fixierte Petra mit seinem Blick und sagte: „Liebt sie Timmy?". Die Freundin war verwirrt und ihr Gesicht verzerrte sich. Petra war hin und her gerissen zwischen der Loyalität ihrer Geheimnisse mit Isabel und seiner unnachgiebigen Anklage ihm die Wahrheit zu sagen. Sie sagte: „Jetzt hast du mich so lange um den heißen Brei reden lassen, und dabei weißt du es?". Sie hatte es noch als quasi Frage formuliert. Er sagte darauf mit fester Stimme: „Ja, ich weiß es, ich weiß alles!". Sein Blick bohrte sich weiter in sie und sie versuchte ihm auszuweichen. Jedoch ohne Erfolg. Und so rang sie mit sich und formulierte im Geiste eine Antwort. Dann blickte sie ihm in die Augen und sagte: „Nein, sie liebt ihn nicht." Ein lange Zeit wurde nichts gesprochen, dann sagte Markus zu ihr: „Du bist eine gute Freundin meiner Ehefrau und ich bin mit Vielem nicht einverstanden, was du getan hast, jedoch wünsche ich dir alles Gute für dein Leben.", und damit verließ er Petras Haus.

Kapitel 5 – Die grausame Entdeckung

Markus erinnerte sich zurück an ihren letzten gemeinsamen Urlaub auf Mallorca. Er hatte sie dort eines Abends gefragt, ob sie ihn betrüge. Isabel schaute ihm in die Augen und antwortete: „Nein". Er konnte sich nicht bewusst erklären, weshalb er ihr die Frage eigentlich gestellt hatte und was die Unsicherheit in ihm auslöste. Sie fragte postwendend: „Hast du mich damals mit der Steirerin betrogen?", gerade so, als ob sie von etwas ablenken wollte, schien ihm. Das ging ihm im Kopf herum, als er sich an diesem Abend an den Computer setzte. Er fing an in den Tiefen des PCs in den Daten zu graben ohne ernsthaft mit bösen Überraschungen zu rechnen. Zuerst suchte er nach Namen. Dann änderte er seine Suchstrategie und versuchte es mit anderen Schlagworten. Als er den Begriff „Schwanz" eingab ergab die Suche einen Treffer, er öffnete das Foto mit Namen „Timmys Schwanz" und traute seinen Augen nicht. Das war das erste was er von Timmy zu sehen bekam, seine Wix-Visage mit seinem Schwanz in der Hand. Als er die eigens von Isabel eingerichtete e-mail Adresse fand, war er nahe daran sich zu übergeben. Der vortreffliche, geheime Spitzname, den Isabel und Petra Timmy gegeben hatten, konnte abwertender nicht sein. Er fand hunderte geile Nacktfotos von ihr, in allen Positionen und Farben, die ihr

Smart-Phone Fotofilter ermöglichte, Wix-Videos von Timmy und Masturbationsvideos von Isabel. Markus war fassungslos. Er konnte nicht beschreiben, was er in diesem Moment fühlte. Aber das Schlimmste sollte erst noch kommen. Die flat files von den Dutzenden Textnachrichten und die Social Media Kommunikation, die die sexuelle, intime und leidenschaftliche Beziehung und ihre Verliebtheit portraitierten und Markus das Blut in den Adern gefrieren ließen. Nach und nach begann Markus das volle Ausmaß ihres Doppellebens zu begreifen. Sein Gehirn setzte vollends aus, als er auf ein Weihnachtsfamilienfoto blickte, welches von Isabel ebenfalls an eben diese e-mail Adresse übermittelt worden war.

Er schaffte es erst Tage später, als Isabel zu ihren Eltern gefahren war, das ganze Ausmaß des Betrugs zu durchleuchten und es verkürzte sehr wahrscheinlich seine Lebenserwartung um mehrere Lebensjahre, wie er fürchtete. Markus benötigte mehr als eine ganze Nacht und mindestens drei Liter Rotwein, um rund die Hälfte der gefundenen Daten zu durchforsten. Er überlegte oft – vor allem aus Selbstschutz – damit aufzuhören, aber er konnte nicht, er musste die Wahrheit sehen. Isabel hatte ihm alles liegen gelassen, wie um zu sagen, sieh was ich getan habe. Sieh genau hin.

Kapitel 6 – Frisch verliebt

Markus lag wach in seinem Bett. Es war schon nach zwei Uhr früh. Seine Gedanken kreisten. Er konnte nicht aufhören an sie zu denken. Er war verliebt. Aber er war hin und hergerissen und war sich seiner Gefühle nicht sicher. Konnte es so sein, dass er nach so kurzer Zeit in diese Frau verliebt war? Angelika hatte so aufgeräumte Schubladen, so ein geordnetes Leben, schien ihm, fast schon zu ordentlich. Sie war reif und wunderschön und genau sein Beuteschema. Angelika war etwas älter, ja, aber das war ihm egal, sein Geist und Körper fühlten sich ohnehin um einige Jahre älter, als er tatsächlich war. Er wusste, wie es sich anfühlte, weil er schon verliebt war, vor langer Zeit zwar, aber so fühlte es sich an, ja. Markus fasste einen Entschluss. Er werde zu Angelika gehen und sagen: „Ich werde zu Isabel gehen und es ihr erzählen. Ich will dich frei von allen Schuldgefühlen kennen lernen, und nicht den gleichen Fehler wie Isabel begehen. Vielleicht ist da nicht viel zwischen uns, aber, Angelika, vielleicht ist da alles. Ich habe mich in dich verliebt. Du berührst mich, du bist so verletzlich und so stark zugleich, du bist gütig und warmherzig, ich vertraue dir und ich weiß, ich kann dir alles sagen, du riechst perfekt und ich bitte dich mich kennen zu lernen."

So viele Dinge gingen Markus im Kopf herum. So viel hat Angie ihm gesagt und ihn gefragt. Zum Beispiel: „Wie ist denn der Sex mit Isabel? Na ja, ich denke mit viel Alkohol ist alles machbar", meinte Angie. Oder „Du musst das nicht schaffen!". Oder „Vielleicht bleibt Isabel nur aus wirtschaftlichen Gründen bei dir." War es auch in Angie ein verborgener Wunsch, dass er sich gegen diese Folter und für sie entschied?

Aber Angie hatte einen Lebensgefährten. Sie nannte ihn „Lebensgefährten", nicht etwa „Mein Mann". Markus würde ihm jedenfalls alles geben, alles was er brauchte, was er auch verlangte. Markus würde ihm ermöglichen ihn verbal oder körperlich zu verprügeln, mit oder ohne Gegenwehr. Was auch immer er verlangte.

Sollte es soweit kommen, würde er keinen Rosenkrieg mit Isabel beginnen, obwohl er alles Recht dazu hätte und er es schon mehr als einmal ernsthaft erwogen hatte. Er würde das sehr bescheidene Vermögen, das er ansparen konnte mit ihr gerecht teilen und sich um sie kümmern. Er würde sich um die Kinder kümmern, er ist ein guter Vater. So ein Mann wie der Ex-Mann von Angie, das war er nicht, das hätte er sowieso nicht so gehandhabt. Isabel würde immer einen speziellen Platz in seinem Herzen haben, schließlich ist sie die Mutter ihrer gemeinsamen Kinder.

Kapitel 7 – Die Anrufe

Die Angestellte des Auskunftsunternehmens hatte keine Chance gehabt. Nach nicht einmal zehn Minuten am Telefon mit der offensichtlich jungen und herzlichen Mitarbeiterin hatte Markus von ihr die postalische Anschrift erflirtet. Die benötigte er jedoch heute gar nicht, heute war lediglich die Telefonnummer von Nöten. Er marschierte durch den Park und stählte seine Nerven. Dann wählte er Timmys Handy Nummer....

Anruf 1: Der Anruf geht direkt auf die mailbox. Markus: „Timmy, du hast mir das Wichtigste im Leben genommen. Du wirst mich treffen und mir in die Augen schauen, du schuldest mir das! Du wählst den Ort und die Zeit. Du hast freie Wahl, ich komme überall hin. Wähle einen abgelegenen Ort an dem wir alleine sind, aber ein Ort mit entsprechender Infrastruktur. Du bringst nur deine nackten Fäuste. Keine Ringe an den Fingern, keine Brillen. Und noch was, das bleibt zwischen uns, also kein Wort zu Isabel. Wenn du das Bedürfnis hast, dass jemandem zu erzählen, dann erzähl es deinem Freund oder geh zu deiner Mama und weine dich bei ihr aus. Du erreichst mich unter dieser Nummer, also melde dich oder schick mir eine SMS mit dem Ort und der Zeit! Sei kein Feigling!".

Anruf 2 folgte ca. eine Woche später: Der Anruf geht direkt auf die mailbox. Markus: „Melde dich endlich. Jetzt lässt du mich schon eine ganze Woche warten. Ich hab da Kraft und Mut in deinen Augen gesehen. Enttäusch mich nicht. Du hast wirklich alle Vorteile auf deiner Seite. Ich war noch nie in meinem Leben in körperlich schlechterer Verfassung als jetzt. Du hast eine Nahkampfausbildung und du bist jünger und schneller, das macht den Gewichtsklassenunterschied mehr als wett."

Anruf 3 folgte ca. zwei Wochen später: Der Anruf geht direkt auf die mailbox. Markus: „Du bist kein Mann! Du bist nichts als ein Feigling! Zwei Wochen warte ich nun schon, dass du feiger Wixer, deine Eier findest. Weißt du eigentlich, dass mein Vater dort herkommt, wo du lebst. Verlang nicht von mir heim zu kommen, und das unehrenhaft und ungesetzlich in einer dunklen Gasse zu erledigen. Tu mir das nicht auch noch an! Melde dich endlich. Ich finde dich sowieso, irgendwann find ich dich!"

Kapitel 8 – Timmy

Timmy saß an seinem Wohnzimmertisch und hatte seinen Kopf in seine Hände vergraben. Die Verzweiflung saß ihm im Körper, hartnäckig wie ein Zeck, der sich festgebissen hatte. Er konnte es immer noch nicht glauben. Seine Ehefrau hatte ihn tatsächlich zum zweiten Mal betrogen, und noch dazu mit einem Mann aus seiner Gemeinde, einen Mann, den er gut kannte. Seiner Meinung nach ein Wappler, ein Warmduscher, ein nichts von einem Mann, aber was sollte er jetzt auch noch anderes von ihm halten. Das war also der Dank von einer Frau, die er zur Ehefrau genommen hatte, von der er sich sehnlichst Kinder wünschte, mit der er sein restliches Leben verbringen wollte, ja für die er sogar das Geld verdient hatte, um ihr die Ausbildung zu ermöglichen, die sie sich eingebildet hatte. Aber seine Ehefrau wollte keine Kinder von ihm, wollte ihm den Herzenswunsch eine harmonische Familie zu gründen nicht erfüllen. Und er war auch noch so blöd, ihr nach dem ersten außerehelichen Fehltritt, ihrer ersten Affäre zu verzeihen und sie zurück zu nehmen. Er konnte es nicht fassen. Er wollte sich betrinken, bis zur Bewusstlosigkeit, um jedes Bewusstsein und jede Erinnerung daran zu löschen, wenn auch nur für ein paar Stunden. Er hasste es die Kontrolle zu verlieren, gebot ihm doch sein Beruf als Polizist ein gewisses Vorbild für andere Menschen zu sein. In seiner beruflichen Weiterbildung hatte er sich auf das Thema Prävention spezialisiert und betrachtete sich allgemein als ein Polizist mit Leib und Seele. Timmy verabscheute Menschen, die Schwächeren physische, psychische oder jedwede andere Gewalt antaten oder Schaden verursachten. Gerade öffnete er sich das vierte Bier und dachte, „scheiß drauf, was ich in meinen eigenen vier Wänden mache, geht wirklich niemanden etwas an". Er trank die Flasche ex und riss sich eine fünfte auf. Nach der siebten Flasche hörte er auf zu zählen und triftete in einen wachkomma-ähnlichen Zustand und leider nur temporären Frieden. Um halb drei Uhr in der Früh schlief er ein und erwachte nicht vor dem Morgengrauen. Als er die Augen öffnete und ein stechender Schmerz durch seinen Schädel fuhr, hasste er sich für seine Schwäche und wusste genau, er würde den ganzen Tag mit sengenden Kopfschmerzen dafür bezahlen. Er nutze den folgenden Tag, um wieder einmal seine Wohnung von Kopf bis Fuß zu putzen. Das Putzen gab ihm immer ein aufgeräumtes Gefühl und sein Zustand besserte sich langsam.

Einige Wochen später beendete er gerade einen Nachtdienst und es war ein grauenhafter Dienst gewesen. Der Einsatz führte ihn und seine Kollegen in ein übles Lokal in einem schäbigen Teil der Stadt. Dort war eine Schlägerei in vollem Gange und mehrere Afghanen lieferten sich ein heftiges Gefecht mit betrunkenen Einheimischen. Die Fäuste und Biergläser flogen und sein Kollege, der ihm Rückendeckung geben sollte, bekam Angst, brach den Einsatz ab und verschwand aus dem Lokal. Timmy sah sich mit einer polizeifeindlichen Meute konfrontiert und konnte nur knapp und durch großes Glück schwere Verletzungen vermeiden und vom Tatort flüchten. Er beschloss dennoch in seinem Einsatzbericht vorläufig nichts zu erwähnen und dem Kollegen zuerst persönlich die Leviten zu lesen. Als er heimkam fiel er auf seine Couch und wollte nichts hören und nichts sehen. An diesem Abend läutete es überraschend an seiner Wohnungstür. Davor stand sein bester Freund. „Komm, gemma noch was trinken!", sagte sein bester Freund. Und Timmy war ihm dankbar, dass er ihn auf andere Gedanken brachte und sie nahmen sein Auto und fuhren in ein beliebtes Klagenfurter Lokal. Und dort und an jenem Abend traf Timmy Isabel, und mit das erste was Timmy von ihr hörte war: „Ich bin verheiratet und habe drei Kinder."

Kapitel 9 – Markus Freund

Es war später Nachmittag vor ihrem nahenden Pokerabend an dem sie sich in einem beliebten Bierlokal in seinem Heimatort trafen. Peter hatte Markus gebeten, sich mit ihm zusammen zu setzen, auch da er am Telefon erwähnte, dass er noch etwas Wichtiges loswerden müsse, dass er nicht am Telefon besprechen wollte und mit Petra, seiner Exfrau, zu tun hatte. Verständlicherweise wühlte seinen Freund Peter die ganze Geschichte auf, und Peter fühlte sich schmerzlich an seine eigene Situation von vor einigen Jahren zurück erinnert. Markus hatte echte Schuldgefühle Peter gegenüber, weil er ihm das nicht antun wollte, noch einmal Erinnerungen wach zurufen, die er endlich „verdaut" hatte.

Damals vor einigen Jahren hatte Peters damalige Ehefrau Petra einen Mann kennengerlernt, in den sie sich verliebt hatte. Die Ehe ging deswegen in die Brüche und die Familie litt von da an unter dem neuen Mann in Petras Leben, der ein brutaler Tyrann war. Zudem verkehrte er in gewaltbereiten Kreisen und verprügelte Petra häufig, vor allem, wenn er wieder einmal zu viel getrunken hatte.

Da Isabel Markus laufend, oft mehrfach viele Details aus der Beziehung zwischen Petra und ihrem Neuen erzählte, wurde Markus – quasi ungefragt, hinter Peters Rücken – Geheimnisträger für viele sexuelle, familiäre und mitunter wirklich besorgniserregende Ereignisse im neuen Leben von Petra.

Während dieser Zeit verbrachte Markus viel Freizeit mit Peter, baute ihn auf, half ihm seine neu gefundene Wohnung in Schuss zu bekommen und seine neue Lebenssituation zu meistern. „So häufig, wie in dem Jahr nach deiner Scheidung, war ich in den 25 Jahren davor zusammen nicht mehr aus gewesen", scherzte Markus einmal. Und obwohl Peter durch die turbulente Trennung beinahe auch seine Anstellung als Manager in der Tourismus-Branche verlor, war für Peter klar, dass er in seinem neuen Leben eine Beziehung zu einer neuen Frau haben wollte. So erzwang er krampfhaft in sehr kurzer Zeit einige Beziehungen zu Frauen, welche er beim Fortgehen kennengerlernt hatte, die jedoch letztlich nicht zu ihm passten. In dieser Zeit spielte er immer wieder mit dem Gedanken zu Petra zurück zu gehen, jedoch sagte Markus ihm, „Vergiss das, Petra ist verliebt und will nichts mehr von dir und bitte glaub mir, du willst nichts mehr von ihr!". Bis zu jenem Tag, an dem Peter Tamara kennen lernte. Tamara eroberte Peters Herz im Sturm und obwohl Tamara etwas älter war als Peter, hatte sie noch keine Kinder. Einerseits weil sie den Richtigen noch nicht gefunden hatte und andererseits weil eine Endometriose einen gewissen Unsicherheitsfaktor bedeutete. Als Ärztin arbeitete sie im Krankenhaus und die beiden zogen kurze Zeit später zusammen und Peter erklärte sich nach etwas mehr Zeit bereit, den Versuch zu starten, ein erstes gemeinsames Kind zu bekommen.

Markus saß ihm gegenüber und sah in Peters Gesicht und sein Magen verkrampfte sich bei dem Gedanken, an das, was er ihm damit antat. Aber er wollte, er konnte dieses Geheimnis nicht länger in sich tragen. Er sagte zu Peter: „Es tut mir so leid, dass ich dir diese Schmerzen verursache und alte Wunden aufreiße. Isabel hat mir damals irgendwann im Zuge eurer Scheidung erzählt, dass Petra dich schon früher mit einem anderen Mann betrogen hat. Und dieser Mann ist einer deiner Großkundenvertreter, aber ich habe mir seinen Namen nicht gemerkt." Er erzählte ihm die pikanten, sexuellen Details, die er leider von Isabel erzählt bekommen hatte und sah wie sich Peters Augen verdüsterten. Peter fragte ihn, „kannst du dich wirklich nicht an den Namen erinnern?". Er entgegnete, „leider nein, aber ich dachte du wüsstest vermutlich wer es ist oder hast zumindest einen Verdacht." Und so war es auch. Die nächste Frage von Peter entsetzte Markus derart, dass er einige Minuten keinen Ton herausbrachte: „Glaubst du, dass meine Kinder von mir sind?".

Kapitel 10 – Der Flirt

Es begann mit einigen zaghaften Text-Nachrichten. Er fühlte sich zu Angelika hingezogen und Markus hoffte, Angelika auch zu ihm. Und so begann das Chatten zur Regelmäßigkeit zu werden.

Heutzutage war es so leicht geworden via Social Media und verschiedenen Apps (kurz für Applikationen) zu kommunizieren, die natürlichen Hemmschwellen der face-to-face Kommunikation wurden dabei eliminiert. Nicht bloß aus Zufall wusste Mark Zuckerberg rund zwei Jahre vor ihm, dass seine Ehefrau eine Affäre, eine Beziehung mit Timmy hatte. Man konnte also getrost sagen, dass sein Verhältnis zu Social Media ein von gemischten Gefühlen durchwachsenes geworden war und seine Sympathie für Whistle Blower und Datenschützer noch gesteigert wurde. Die Tatsache, dass Organisationen, wie die NSA, die US-amerikanische National Security Agency, weltweit und in alle Bereiche unseres privaten und beruflichen Lebens Einblick hatte, verschaffte ihm ab und an ein mulmiges Gefühl in der Magengrube. Irgendwo hatte er einmal gelesen, dass selbst bei einem ausgeschalteten Mobiltelefon des Weltmarktführers die Kamera jederzeit angesteuert werden kann und durch die unterschiedliche Lage des Telefons, z.B. über mehrere Tage und Wochen sowie die seit Jahren

Realität gewordene Vorratsdatenspeicherung problemlos dreidimensionale Räume rekonstruiert werden konnten.

Trotz all dieser beunruhigenden Tatsachen, flirteten sie von nun an auf Teufel komm raus miteinander, erzählten sich jedoch auch viel aus ihrem alltäglichen Leben und ihrer Kindheit. Sie tauschten Lieder, Gedichte und Gedanken aus. Einmal schrieb Markus „ich mags, wenn du dich mir so wehrlos und verletzlich gibst; people who are guarded, miss out on life", Angie darauf „ich bin dir gegenüber wehrlos, will es sein", er darauf „das ist heiß, du bist heiß" und so ging es dahin. Das Flirten mit dieser intelligenten, gebildeten und sensiblen Frau, die so verletzlich und so stark zugleich war, faszinierte und erregte ihn gleichermaßen. Noch dazu war sie genau nach seinem Geschmack und er liebte es Angie aus ihrer Festung heraus zu locken, sie ohne jede Maske zu sehen. Jedoch dabei behutsam mit ihr umzugehen und auf Ihre Gefühle zu achten. Ein andermal schrieb er „so wie ich mich fühle, wenn du mir einen Blick auf deine wunderschöne Seele und dein reines Herz gibst, so möchte ich mich den ganzen Tag fühlen." Dann flogen wieder die Pfefferoni- und Feuer-Emojis hin und her und er fühlte sich, wie der König der Welt.

Kapitel 11 – Die Schwester

Der Anruf kam überraschend und doch nicht. Markus bat seine Schwester ihn zu treffen und zufälligerweise hatte Lisa einige Besorgungen in einem nahegelegenen Einkaufszentrum zu erledigen. Er stieg in sein Auto und konnte nicht umhin einen Song wieder und wieder zu spielen, „Million Reasons" von Lady Gaga. Auf einmal konnte er nicht schnell genug zu dem Treffpunkt gelangen. Er beschleunigte sein Auto und fuhr viel zu schnell. Der Drang seiner kleinen Schwester alles zu erzählen war urplötzlich unstillbar. Er raste in die Parkgarage des Einkaufszentrums und lief die Stufen hinauf. Er fand Lisa in einem Sportgeschäft und zog sie aus dem Geschäft. Sie fragte: „Was ist denn passiert". Er sah sie nur an. Lisa darauf: „Bist du verletzt, geht es dir gut? Ist jemand krank?" Markus konnte nicht antworten. Nach einigem Schlucken stammelte er: „Ich liebe dich und du bist die beste Schwester, die man sich vorstellen kann. Großvater hat dich sehr geliebt und er hat mir auf seinem Totenbett ein Versprechen abgerungen, nämlich das ich einen Teil deines Erbes „verwalten" solle, bis du es in einer Notlage benötigst. Du weißt, er hat dabei nur an Mama gedacht und das was uns damals geschehen ist. Er war so ein guter und großzügiger alter Mann. Es tut mir so unendlich leid, dass ich es dir nicht früher gesagt habe und auch was damals passiert ist, als ich die Jahre in Amerika gelebt habe."

Sie sagte: „Lass uns in ein Kaffeehaus gehen und in Ruhe reden, über alles".

Damit waren die Dämme gebrochen und er erzählte Lisa die Details der Beziehung zwischen seiner Ehefrau und Timmy, wie er es herausgefunden hatte und was es mit ihm machte.

Dass er alles wieder gut machen würde, was sie – seine kleine Schwester – betraf und das tat er auch.

Auch von Angie erzählte er ihr. Dass er so eine reife und schöne Frau noch nie kennen gelernt hat und das er Sorge hatte, dass sie ihm keine Chance gibt, weil er sie als ihr Patient kennengelernt hat, weil sie in der Vergangenheit schon verletzt worden war und weil sie einen Lebensgefährten hatte. Er hatte auch Sorge, dass er sich seiner Gefühle nicht ganz sicher sein konnte, aufgrund des emotionalen Ausnahmezustands in dem er Angelika kennen gelernt hatte. Zudem hatte er Angst vor dem Neuen, und zugleich Angst davor, dass Alte aufzugeben.

Lisa, eine Frau, die in den letzten zehn Jahren, neben ihren beiden Kindern, der Arbeit in einer der Big 4 StB- & WT-Kanzleien, dem Haushalt und einem etwas cholerischen, tollpatschigen, jedoch unternehmerisch erfolgreichen und großzügigen Ehemann die Ausbildung zur Steuerberaterin und sogar Wirtschaftsprüferin absolviert hatte, hatte nichts als Güte und Besonnenheit für ihn, aber auch etwas Wut über sein Verhalten von damals. Ihre Ruhe übertrug sich etwas auf ihn und ihre Ratschläge klangen so rational und wohlüberlegt und er bereute seiner kleinen Schwester nicht schon früher alles erzählt zu haben.

Nichtsdestotrotz wusste Markus in diesem Augenblick, dass Lisa Isabel früher oder später den Spiegel vorhalten würde, nicht ungefragt zwar, aber dafür mit aller Härte und Ehrlichkeit.

Zuletzt sagte Markus: „Du weißt Schwesterlein, wenn du jemals aus deiner Ehe raus willst, dann kommst du zu mir und ich helfe dir, mit allem! Du kommst überhaupt immer, wenn du ein Problem hast, hörst du!"

Lisa stand auf, küsste ihn auf die Wange und sagte: „Komm lass uns gehen."

Kapitel 12 – Timmys Bruder

Timmy steuerte den Polizeiwagen auf den Parkplatz seiner Polizeidienststelle und beendete seinen Dienst. Er marschierte in sein Büro, zog sich rasch um und machte sich auf den Weg nach Hause. Er wollte noch eine Kleinigkeit in seiner Wohnung erledigen, bevor er sich auf den Weg zu seinem Bruder machte. Die Brüder standen sich nahe und waren in eher schwierigen Verhältnissen aufgewachsen. Und an diesem Abend wollte er den Rat seines Bruders, Matthias. Es war ein stürmischer Tag und das Wetter spiegelte seinen Gemützzustand.

Die Brüder trafen sich in einem beliebten, jedoch etwas abgelegenen Lokal und sie begrüßten sich mit der obligatorischen Umarmung.

Timmy sagte: „Scheiße siehst du aus!" und grinste.

Matthias entgegnete: "Ist auch schön dich zu sehen, Bruderherz; ist schon eine ganze Weile her."

Nach dem ersten Bier und Austausch der letzten Belanglosigkeiten, sagte Timmy: „Bruderlein, ich muss dich in einer wichtigen Sache um Rate fragen."

Matthias darauf: „schieß los, Bruderherz. Ich vermute es hat mit Isabel zu tun?" Timmy: „Ja, klar. Ich weiß nämlich nicht, was ich machen soll, die Kleine raubt mir den Verstand, ist das Beste und Irrste, was mir je passiert ist. Ich mach mit der Kleinen Sachen im Bett, das kannst du dir in deinen kühnsten Träumen nicht vorstellen."

Matthias unterbrach ihn lachend: „Du kleiner Scheißer, ich hab in meinem Leben schon mehr Frauen flachgelegt, als du Strafzettel verteilt."

Beide lachten.

Timmy sprach weiter:" Ich will keinen Fehler machen, Matthias! Isabel ist verheiratet und ob- wohl ihr Ehemann ganz offensichtlich ein Voll- idiot ist, weiß ich nicht, was ich tun soll, was das Richtige ist."

Matthias betrachtete Timmy nachdenklich, klopf- te mit seinem Zeigefinger auf die Tischplatte während er überlegte und nahm sich Zeit für sei- ne Antwort. Er wählte seine Worte mit Bedacht: „Man kann sich nicht aussuchen wann und wo man jemanden kennen lernt, und ob man sich in den Menschen verliebt." Es ist doch einfach: „Entweder du liebst Isabel, dann kämpf um sie und hol sie dir, oder du liebst sie nicht, dann lass es bleiben und such dir eine andere Frau."

Dafür liebte Timmy seinen Bruder, den pragma- tischen Typen, der die komplizierteste Sache der Welt auf das Einfachste reduzieren konnte.

Matthias stand auf und sagte: „Ich muss mal aufs WC."

Timmy versank über seinem Bier in Gedanken. Er dachte daran, was Isabel ihm bedeutete. Das er ihr alles gegeben hatte, alles was er hatte. Er erinnerte sich, einmal hatte Isabel ihn gedrängt in ihr Elternhaus zu kommen, um Sex mit ihm zu haben. Das war aber sogar ihm zu heiß gewesen. Dennoch er liebte das an ihr, dass sie so frech und so ungehemmt war, dass sie ihn so sehr begehrte. Wenn sie sich trafen, war es pure Ekstase, Leidenschaft und knallharter Sex. In einer bestimmten Nacht hatten sie mehrmals Sex hintereinander und er konnte sich nicht erinnern, so etwas Geiles mit einer Frau schon einmal erlebt zu haben. Isabel fragte ihn solche Dinge wie, „welche sexuellen Positionen er mochte", so viele Dinge, die er an ihr liebte. Einmal fragte er sie nach dem Sex: „Wo werden wir in fünf Jahren sein?", aber Isabel gab ihm keine echte Antwort und wich ihm nur aus. Timmys Gedanken sprangen zu jenem Tag, an dem er aus dem Gerichtsgebäude gekommen war, um sich von seiner Ehefrau scheiden zu lassen. Er fühlte sich, als hätte er versagt, alles Wichtige in seinem Leben verloren. Aber er hoffte, dass sie sich letztlich für ihn entscheiden würde und diese Hoffnung gab ihm eine gewisse Zuversicht. Er konnte nicht sagen, ob er ohne sie überhaupt und in dieser Geschwindigkeit von seiner treulosen Ehefrau losgekommen wäre.

Timmy wurde unsanft aus seinen Gedanken gerissen, als sein Bruder an den Tisch zurückkehrte und einen Witz über ihn riss. Timmy erzählte seinem Bruder von alledem nichts. Aber sie saßen noch einige Zeit, aßen gemeinsam zu Abend und unterhielten sich über alles Mögliche. Als es spät wurde verabschiedeten sich die Brüder und gingen ihrer Wege.

Kapitel 13 - Die schrecklichste Nacht

Später sollte Markus seinem Freund Peter erzählen, dass es die schrecklichste Nacht seines Lebens war. Er konnte sich genau erinnern, es war die Nacht an dem er und seine Freunde Poker spielten. Entgegen jeder ungeschriebenen Regel, was Karma und Energie angeht, setze er sich durch und war an jenem Abend gegen seinen Freund Peter zum heads-up am Tisch gefordert. Er hatte ein Damen-Pärchen und der River brachte eine dritte Dame ins Spiel. Er ging all-in und wusste, was auch passieren würde, es war gut. Seine drei Damen „liefen" tatsächlich in eine Straße von Peter und ein unbeschreiblich phänomenaler Pokerabend neigte sich seinem Ende. Er zückte sein Handy und wohlig warm vom vielen Rotwein schrieb er Angie „Beim Pokern, wie im Leben macht es manchmal Sinn „all in" zu gehen und sozusagen alles auf eine Karte zu setzen, um ALLES zu bekommen. Natürlich hilft es auch Menschen lesen zu können beim Pokern und es geht dabei natürlich nicht ums gewinnen; das verstehen jedoch nur wenige."

Als er heim ins Bett kam, lag Isabel im Halbschlaf im Ehebett. Plötzlich brach es aus ihm heraus und er musste weinen, wie noch nie zuvor in seinem Leben. Ein Trauergewitter, welches in Florida nicht heftiger hätte niedergehen können entlud sich und es strömte alles aus ihm heraus. Für eine halbe Stunde, die sich anfühlte wie eine Ewigkeit konnte er kaum atmen, stoßweise keuchte er neben ihr und sie nahm ihn in ihre Arme, tröstete und streichelte ihn zärtlich. Er kauerte sich zusammen und seine Tränen tränkten das Leintuch, die Pölster und die Bettdecken. Sein Schmerz über den Verlust eines gemeinsamen Lebens, welches nie wieder so sein würde wie zuvor, war reiner als Wasser in einem Mexikanischen Cenote und tiefer als der Marianengraben.

Sie spürte seinen Schmerz und bot ihm ihren perfekten, splitternackten Körper an. Sie rieb ihre makellosen Brüste an seinem Rücken und drehte ihm ihren verführerischen Hintern zu, drückte und rieb ihn an seinem Penis und sein Penis wuchs zu seiner vollen Größe. Sie drehte sich auf ihre rechte Seite und winkelte ihr oberes Bein etwas an und ließ ihn eindringen und er packte sie von hinten am Hals und drückte viel fester zu als sonst, während er sie von hinten nahm. Sie stöhnte kräftig und er konnte nicht von ihr ablassen. Doch zum aller ersten Mal in über 20 Jahren empfand er Abscheu, Kälte und Abneigung, wo sonst bedingungslose Hingabe, pure Lust und nichts als Liebe herrschten. Er war hin und hergerissen in erotischer Ekstase für sie und Ekel für das, was sie ihm angetan hatte und sein Verstand drohte ihm erneut den Dienst zu

versagen. Als er in ihr kam, hatte er keine Emp-
findungen mehr, es herrschte Leere und Dunkelheit in ihm und es legte sich eine Stille über ihr
Ehebett. Sie durchbrach die Stille mit leisem,
jedoch herzzerreißendem Weinen und flehte: „Du
darfst nicht aufhören mich geil zu finden, du
darfst nicht aufhören meinen Körper zu lieben,
du darfst nicht aufhören mich zu begehren! Das
verkrafte ich nicht." Ihr Schmerz ließ ihn schau-
dern und bewegte ihn tief und er sagte: „Ich habe
dich so sehr geliebt, ...so sehr habe ich dich geliebt!". Eng umschlungen und weinend fielen sie
beide erst einige Zeit später in einen unruhigen
und traumlosen Schlaf.

Kapitel 14 - Das Wochenende

Isabel hatte schon das dritte Liebes- und Wie-
dervereinigungswochenende in einem Hotel
gebucht, seit dem schlimmsten Tag seines Lebens. Diesmal ging es an den Fuß des Dobratsch,
was durch die Nähe zum Wörthersee, nicht eben
ein Garant für seine Entspannung und Wohlbe-
finden war, obwohl das von Isabel gebuchte
Wellness- und Thermenhotel gerade eben damit
warb.

Nach dem Einchecken ging es schnurstracks aufs
Hotelzimmer und plötzlich überfiel Markus eine
unbändige Lust und er küsste sie leidenschaftlich, er zog sie an sich heran, wie früher und sie
warf sich an ihn und gab ihm alles, und noch viel
mehr. Mit Leichtigkeit hob er sie auf und trug sie
zum Bett. Er warf sie darauf und nahm ihre Brüste in seine Hände. Er führte seinen Mittelfinger
tief in ihre feuchte Vagina, immer wieder. Mas-
sierte den Bereich des G-Punktes. Dann saugte er
mit seinem Mund sanft an ihrer Klitoris und
liebkoste sie mit seinem Zeigefinger, immer und
immer wieder. Er drehte sie um, auf alle Viere
und glitt mit seiner Zunge in ihren perfekten
Hintern. Er drückte seine Zunge rhythmisch und
immer tiefer hinein, während er gleichzeitig ihre
Klitoris von hinten kniend mit seinem Zeigefinger stimulierte. Dann rollte er sich auf den Rücken und sie glitt mit ihrem Kopf und ihren herr-

lichen Haaren von seinem Kopf abwärts und nahm seinen Penis in den Mund und sie blies ihm einen und darin war sie einfach gut. Dann packte er sie von hinten und fickte sie hart von hinten, bis er in ihr explodierte.

Der Sauna und Wellnessbereich war tatsächlich eine Oase der Entspannung und dort fanden sie sich kurze Zeit später in der Sauna sitzend. In letzter Zeit störten ihn die Gespräche über Stöckelschuhe, Nägel lackieren, Fetzen oder Modezeitschriften, mehr als sonst, obwohl er ihre Schönheit und ihr Körperbewusstsein immer geliebt hatte. Nichtsdestotrotz genossen sie den Nachmittag und lernten einige andere Hotelgäste kennen und plauderten über die einfachen Dinge des Lebens.

Beim ersten Abendessen bat er sie: „Können wir auch über wichtige Dinge sprechen?" Er fragte sie, ob sie sich wohl fühle und tastete sich an Punkte heran, die ihm wichtig waren. Er fragte sie: "Weißt du eigentlich, was Timmy für dich empfindet?". Er bat sie: „Fahr zu ihm und sprich mit Timmy und klär mit ihm, ob er dich liebt! Denk nicht an die Kinder oder mich, geh zu ihm und sprich mit ihm. Stell fest wo dein Herz hingehört!" „Ich weiß, ich habe nicht eben dazu beigetragen, dass Timmy mit dir sprechen wird wollen, aber ich tue alles, um das sicherzustellen.", sagte Markus. Isabel entgegnete, „eigentlich will ich schon noch einiges von Timmy wissen." Und

Markus sagte: „ siehst du." Isabel und Markus sprachen noch einige Zeit über die Probleme, die sie hatten und waren aufrichtig miteinander.

Am nächsten Tag frühstückten sie früh und fuhren den Weg rund um den Dobratsch zum Anfang der Villacher Alpenstraße und weiter die Alpenstraße hinauf zur Rosstratten. Von dort wanderten sie gemächlich los und erklommen die Spitze des Berges rund zwei Stunden später. Die Sonne schien und der Wind wehte frisch, jedoch für die Jahreszeit angemessen. Der ORS Sendeturm auf dem Berg, ein 167 Meter hoher Hybridturm für UKW und Fernsehen wurde von Isabels Vater vor rund 50 Jahren entworfen und geplant. Damals war ihr Vater ein junger, aufstrebender Architekt, angestellt in einem kleinen Städtischen Architekturbüro und er war gewillt neue und unkonventionelle Wege zu gehen. So überrascht es nur wenig, dass der Sender sich bis heute durch seine etwas ungewöhnliche Bauweise auszeichnet, denn er besteht aus einem Stahlbetonturm mit Betriebsräumen und Plattformen für Richtfunkantennen, auf dem sich ein am Erdboden abgespannter Stahlrohrmast mit den Antennen für Rundfunk und Fernsehen befindet, eben ein sogenannter Hybridturm.

Sie wanderten den Weg vom Sender zum Gipfelkreuz und zurück zur Kirche. An die steinerne Kirchenwand gelehnt, saßen sie auf einer Holzbank und aßen ihre Jause, während sie in die

Sonne blinzelten und sich gegen die beiden frechen Raben wehrten, die ihnen ihre Mahlzeit abspenstig machen wollten. Da oben legte er seinen Kopf auf ihre Schulter und sagte erneut: „Bitte klär das mit Timmy, geh zu ihm und tu was du tun musst, auch wenn es Körperliches bedeutet. Ich muss wissen wo dein Herz hingehört und du kannst es nicht wissen, weil du nicht weißt was Timmy für dich empfindet. Bitte tu das für mich, für dich und für ihn." flehte Markus.

Der Weg zurück, war eine zügige Wanderung und gleichzeitiger Wettlauf gegen das aufziehende Gewitter. Glücklicherweise schafften sie es fast trocken zu bleiben und nahmen den Wagen zurück zum Hotel, wo sie den Tag erneut im Erholungs- und Themenbereich des Hotels ausklingen ließen.

Beim Abendessen sprach Isabel viel über die gemeinsame Zukunft und es schien Markus, als würde sie krampfhaft daran festhalten und förmlich spüren, dass er ihr etwas Lebensveränderndes sagen wollte, etwas das sie nicht hören wollte, nicht akzeptieren würde. Und so sprachen sie über ihre Kinder, über ihr Vorhaben im kommenden Jahr die Ausbildung zur Logopädie-Trainerin in Angriff zu nehmen und ihre neu gefassten Ambitionen, sich beim Land zu bewerben. Damals hatte Markus sich in sie verliebt, auch weil sie Kinder so sehr liebte, sie eine ambitionierte und hingebungsvolle Kindertagesstätten- Leiterin war, sie ein so gutes Herz hatte und sie in seinen Augen eine perfekte Mutter und häusliche Frau sein würde.

Plötzlich sagte sie: „Wenn wir nach dem Abendessen ins Zimmer gehen, möchte ich, dass du mir die Kleider vom Leib reißt und mich hart durchfickst!" Er dachte nach und schwieg. Dann sagte er: "Jeder Mann wäre der glücklichste Mann der Welt, wenn er so eine hingebungsvolle und erotische Ehefrau hätte,...." Er stockte und sprach nicht weiter, seine Gedanken hingen in der Luft und er sah genau, dass ihr Wunsch – wie schon einige Male zuvor – bedeutete, dass er Timmy werden musste. Es war eine Art grausam-geniale Fusion und er wusste nicht, was er damit anfangen sollte, was er empfinden sollte. Er war vor allem auch ein Mann und sie forderte ihn, schickte ihn an seine Grenzen. Er rang mit sich, und der Mann, der Trieb in ihm behielt die Oberhand. So gingen sie aufs Zimmer und sie lies alles mit sich machen, sogar die Dinge, die sie nur selten mit sich machen ließ und es war unvorstellbar geil, und mehr als das. Danach lagen sie auf dem Bett und Markus sagte zu Isabel: "Ich muss dir etwas vorlesen, dir einen Teil meines Schmerzes offenbaren." Sie sagte: „Jetzt, wo es uns gerade so gut geht?" Er sagte: „Ja, genau jetzt". Und so erzählte er ihr nüchtern seinen Albtraum mit dem gläsernen Gefängnis und Isabel sagte nichts mehr. Keiner sprach und sie spürte den Schmerz, den sie verursacht hatte, konnte ihn fast greifen und war bestürzt und tief traurig.

Tags darauf war ihm schwer ums Herz und er wusste, er musste, wollte es tun, seinen gefassten Entschluss in die Tat umsetzen. Nach einem Spaziergang um den Faaker See fuhren Sie hinauf zum Saisersee und auf halbem Weg um den See fanden sie sich auf der hölzernen Bank wider und überblickten den See. Er blickte in Ihre Augen und sagte: „Du bist die große Liebe meines Lebens." Sie entgegnete und ihre Stimme bebte dabei: „Was willst du mir sagen? Du kannst mich nicht verlassen!". Er sagte: „Was, wenn ich dich darum bitte? Dich bitte mein Herz und meine Seele freizugeben!" Isabel schluckte und schwieg. Dann sagte sie: „Nein, ich gebe dich nicht frei, Markus! Niemals!" Er sagte: "Lisa hat im Internet eine Wohnung für mich gebucht und ich ziehe Anfang kommender Woche aus." Damit brachen die Dämme und sie weinte einige Zeit, eine lange Zeit. Dann zögerlich nahm sie seine Hand in ihre, hielt sie fest und sagte: „komm, wir gehen.".

Kapitel 15 - Die letzte Sitzung

Zärtlich begrüßt Markus Angie mit einem Kuss auf die Wangen und atmete dabei ihren herrlichen Geruch ein. Alles an dieser Frau begeisterte ihn. Er nahm ihr gegenüber Platz und lächelte sie an. Sie lächelte zurück und für einige Zeit wurde kein Wort gesprochen. Das knistern lag in der Luft. Er fühlte sich so wohl, wie schon so lange Zeit nicht mehr. Er konnte sich nicht erinnern, wie lange genau.

Angie fragte ihn wie es ihm geht und das Gespräch war klar und aufregend. Markus sagte: „Isabel klammert sich an mich, aber aus all den falschen Gründen".

Nach weiterem Plaudern, kam er zum Kern der Sache. Er hatte sich fest vorgenommen, unwiderruflich aus ihrem Leben zu gehen, sollte sie ihren Lebensgefährten lieben. So fragte er Angie gerade heraus: „Liebst du deinen Lebensgefährten?" Dabei schaute er tief in ihre Augen und in ihre blütenreine Seele. Und Markus sah mehrere Dinge. Angie antwortete zunächst ausweichend, eine gefühlte Minute wandte sie sich hin und her, um eine Antwort verlegen. Er sah Scham, in der Mimik, wie sie sich wegdrehte und den Kopf nach unten kippte und zuletzt sagte sie: „ja, eigentlich liebe ich ihn". Dann sagte sie noch solche Dinge wie: „Das Leben hat keinen Plan" und „Liebe ist für jeden etwas anderes". Für ihn klang es etwas wie eine Ausrede, eine gewisse Bequemlichkeit, keine neuen Risiken im Leben eingehen zu müssen.

Angie machte ihn verrückt. Er war ziemlich sicher, dass sie sich ein Stück weit aufgegeben hatte bzw. zumindest aufgegeben hatte, die wahre Liebe zu suchen, als real anzunehmen, diese zu verdienen. Stattdessen gab sie sich mit etwas zufrieden, was er als ungenügend empfand. Falsch, weil er ihre Leidenschaft spürte, diese unglaubliche Energie und Anziehung. Er fragte sich, ob sie den Mut aufbringen würde, daran etwas zu ändern. Markus sagte zu Angie:" Lass uns die Therapie beenden und geh mit mir aus". Sie schaute ihm in die Augen und sagte: „ Ja, das sollten wir wohl". „Ja".

Als er sich von ihr hastig verabschieden musste, weil der nächste Termin anstand, griff Markus Angie an den Hüften und eine Woge der Wärme, des Vertrauens und der Nähe durchflutete ihn. Er zog Angie ganz nahe zu sich und küsste ihre weichen und sinnlichen Lippen zum Abschied.

Kapitel 16 - Geschäftstermine

Es war früher morgen als der Wecker auf seinem Handy läutete und er sich erhob. Markus ging ins Badezimmer, rasierte sich zügig, duschte und kleidete sich an. Er nahm seine Arbeitstasche und fuhr den Wagen zum vereinbarten Treffpunk, wo er seine Geschäftspartner traf. Gemeinsam machten sie sich auf den Weg Richtung Süden. Ihr Weg führte sie durch die Steiermark und Teile Kärntens in die Landeshauptstadt. Die Klagenfurter, vermutlich auch durch ihre Nähe zu Italien, legten mehr Wert auf Modisches und Äußerliches, so schien es. Auch kulinarisch war Kärnten vielerorts ein zwar bodenständiges, jedoch qualitativ hochwertiges Erlebnis. Es sollte ein schicksalhafter Tag werden, aber von all dem ahnte er zu diesem Zeitpunkt noch nichts.

Ihr erster Termin führte sie zu einem Bankvertreter mit dem sie über Projektfortschritte und -finanzierungen sprachen. Obwohl der Termin erfolgreich verlief, spürte Markus ein unbestimmtes, wachsendes Unbehagen in sich aufkeimen. Ohne festmachen zu können woher es resultierte, verdrängte er diesen Gedanken und konzentrierte sich auf die Arbeit. Der zweite geschäftliche Termin führte sie zu einem Bauplatz auf dem ein Neubauprojekt entwickelt wurde und die Baukörper wuchsen Woche für Woche, Monat für Monat in die Höhe. Nach den üblichen Begrüßungsfloskeln kam man schnell zur Sache und erledigte die einzelnen Agenda Punkte mit einer Effizienz, die von Erfahrung und gegenseitigem Respekt geprägt war.

Getragen von den erfolgreichen Terminen verbesserte sich seine Stimmung und schlug fast in ein Hochgefühl um, welches sich selten einstellte und vergessen war das mulmige Gefühl in der Magengrube.

Nach der Verabschiedung kam man rasch überein, eine Klagenfurter Traditionsgaststätte, den Landhaushof, aufzusuchen. In guter traditionsgemäßer Atmosphäre, genoss man dort gepflegte österreichische Küche, mit Kärntner und alpenadriatischen Schmankerln und Spezialitäten. Beim Betreten des Lokals kehrte das Gefühl in seiner Magengrube zurück. Die Tischauswahl erfolgte und nach dem man abgelegt hatte, blickte Markus im Raum umher und sah ihn, Timmy. Sein Herz setze einmal aus und ohne sich etwas anmerken zu lassen, schweifte sein Blick durch das gesamte Lokal, um sich einen Überblick zu verschaffen und dabei seinen Herzschlag auf ein einigermaßen normales Niveau zu zwingen. Sein Platz war offenbar mystisch schicksalshaft von Markus gewählt worden. Er saß mit dem Blick gerichtet in die Raummitte, wobei sich ihr Tisch auf der langen Seite des Raums befand. Damit blickte er genau auf Timmy und die ihm gegenüber sitzende Brünette, die ein um rund 15 Jahre jüngerer Abklatsch von Isabel zu sein schien. Seine Gefühle waren schwer zu beschreiben, zwischen aufkeimender Aggression und Entsetzen über diesen grausamen Zufall, durfte er sich gegenüber seinen Geschäftspartnern nichts anmerken lassen. Das perfekt gepflegte Äußere von Timmy und seiner Begleitung verursachten ihm nur noch mehr Übelkeit. Nach außen hin gelassen beteiligte er sich dennoch an der beginnenden Diskussion über die letzten sportlichen Leistungen der Wiener Traditionsfußballvereine, während er mit seinem Blick den Raum erneut durchkämmte. Ganz links im Raum und damit im Rücken von Timmy saßen zwei Russinnen und unterhielten sich in dem prägnanten Akzent. Rund um den Wörthersee hatte man sich bis zu einem gewissen Grad an die Gegenwart der betuchten russischen Wahlösterreicher gewöhnt. Zu seiner rechten befanden sich zwei offenbar einheimische Runden, eine größere, offenbar private Gruppe und etwas weiter im hinteren, rechten Eck des Raums eine geschäftliche Zweierbesprechung.

Ohne zu verstehen warum fiel es Markus erstaunlich leicht die Geschäftspartner mit Witzen zu unterhalten und das Gespräch zu bestimmen ohne es zu dominieren, während er die Körpersprache und Mimik am Tisch gegenüber mit Adlersaugen verfolgte. Nach nur kurzer Zeit war ihm klar, dass es sich bei der jungen, attraktiven brünetten Kärntnerin um die neue Freundin von Timmy handeln musste. Weitere zehn Minuten später wusste er, dass Timmy diese Frau nicht liebte. Der Umgang der beiden war zwar betont freundlich und eine gewisse Vertrautheit war zweifellos spürbar. Aber da war noch etwas. Er konnte es nicht greifen. Dann plötzlich verstand er. Timmy, der beharrlich und beständig alle seine Gefühle für Isabel verdrängt hatte, hatte sich aus blankem Selbstschutz in die neue Beziehung gestürzt. Stillschweigend und notgedrungen akzeptierte man die Gegenwart und als Markus für einen Moment in Timmys Augen blickte, sah er die Wahrheit von neuem und mit aller Klarheit. Beide liebten Isabel. Sie wurde von zwei Männern geliebt. Ihre Blicke blieben für ein paar weitere Momente aufeinander gerichtet und ihr Atem stockte. Er wollte aufstehen und an den Tisch gehen, um dem brünetten Mädchen zu sagen, dass sie ihre Zeit nicht verschwenden solle und ihm dabei seine Faust auf die Nase zu schlagen. Timmy spürte die wachsende Spannung und verlangte die Rechnung beim Kellner. Einer der Geschäftspartner wandte sich an Markus: „ ist alles in Ordnung?" da dieser seine kurze Geistesabwesenheit bemerkte. „Ja, ja" hörte er sich sagen, während er überlegte Timmy in den Innenhof zu folgen. Er wollte ihn konfrontieren, ihn rütteln und endlich die Wahrheit aus ihm heraus schütteln. Aber er vermutete so viele Gründe würden Timmy daran hindern, seine wahren Gefühle zum Ausdruck zu bringen, geschweige denn für sie einzustehen und um Isabel zu kämpfen. Das war es, was er als reine Feigheit ansah, auf den zweiten Blick vielleicht nobel wirkend, jedoch im Ergebnis unehrlich und unethisch. Diese Feigheit manifestierte sich auch, da Timmy seiner Ehefrau kein Wort davon erzählte, dass er eine Affäre mit Isabel begonnen hatte, als er noch verheiratet war. Mit keinem Ton erwähnte Timmy es seiner damaligen Ehefrau gegenüber, im Gegenteil, Timmy gab ihr die alleinige Schuld am Scheitern der Ehe und tat alles um seinen eigenen Ehebruch im Zuge der Scheidung aus Verschulden zu verschweigen. Markus Abscheu steigerte sich in diesem Augenblick für den jüngeren Mann ins Unermessliche und er war sich in diesem Moment nicht sicher, ob er die Kontenance wahren würde können. Timmy dreht sich um und warf ihm einen letzten Blick zu, der verachtend-nichtsagend und kämpferisch-auffordernd zugleich war. So ambivalent und verrückt wie alles, was mit ihnen beiden zu tun hatte. Markus war in diesem Moment wieder ganz tief in seiner persönlichen Hölle gefangen, nicht wissend, ob er sein restliches Leben mit Isabel verbringen würde können.

Er drehte ab und machte sich auf den Weg zu den Toiletten und die Wege der Männer trennten sich.

Kapitel 17 - Die zweite Chance

Es war Abend geworden und die Kinder waren im Bett. Markus öffnete eine Flasche Rotwein eines Weingutes aus dem Anbaugebiet Heideboden im sonnigen Burgenland und sagte zu Isabel: „Komm, setz dich zum Tisch, lass uns reden; wir haben heute noch ein date!" Sie entgegnete: „ah so?"

Markus sagte zu Isabel: „Weißt du, was der wesentliche Unterschied zwischen Tim und mir ist?" „Ohne zu zögern oder auch nur einen Gedanken daran zu verschwenden, hätte ich mein Leben gegeben, um dein Leben zu retten, sicherzustellen, dass du für die Kinder da sein kannst. Und das ist nicht nur eine Floskel, das ist mein voller Ernst."

Markus: „Obwohl du mir seither so oft deine Liebe zusicherst, zweifle ich, kann nicht anders. Ich vermute du liebst mich, jedoch auch dabei bin ich verunsichert." Isabel: „Ich liebe dich!"

In diesem Moment erinnerte er sich an zwei Aussagen von Angelika, die ihn so richtig auf die Bretter geschickt hatten und sein Magen verkrampfte sich schon wieder: 1. „Die Frage ist auch, können Frauen Liebe und Sex trennen?" Und Nummer zwei war noch viel magen-darmzerstörender: „Es ist nie die richtige Liebe, wenn Frauen sich durch Sex verfügbar machen und sich darüber definieren und ich hab so die Vermutung, das wäre bei Isabel in letzter Zeit geschehen."

Markus: „Zuerst wollte ich dich eigentlich schonen und schützen, aber ich kann nicht anders, ich werde dir etwas zeigen. Ich muss dir zeigen wofür ich dich hasse." Und Markus startete seinen Laptop und öffnete ein Dokument mit dem Betreff: „Klage - Scheidung aus Verschulden". Er drehte ihr den Laptop entgegen und sagte: „lies!". Isabel las das formlose Schreiben an das Bezirksgericht. Zuerst kam die Klagsbegründung und als sie etwa die Hälfte der kurzen, schmerzvollen Sachverhaltsbeschreibung durchgelesen hatte, stiegen Tränen in ihr auf.

Markus: „Dafür, ..." sagte er zu Isabel, während er ihr tief in die Augen blickte „...dafür, dass ich mich damit beschäftigen musste, rechtliche und wirtschaftliche Dinge zu recherchieren, von denen ich Gott sei Dank zuvor nichts wissen musste, dafür hasse ich dich du egoistische Schlampe. Dass ich die Reinheit und das kirchliche Gelübde unseres Eheversprechens anzweifle, und über Scheidungsprozedere nachdenke, wenn ich heute an unsere Ehe denke, dafür hasse ich dich."

„Kannst du dir auch nur für fünf Minuten vorstellen, wie es für mich gewesen ist, dieses Schreiben aufzusetzen?" Und Tränen begannen Markus über die Wangen zu laufen.

„Und übrigens, dafür, dass du diesen Arsch von Petra durch Petra ebenfalls zum so frühen Geheimnisträger für deine Affäre mit Timmy gemacht hast, dafür hasse ich dich erst recht. Gemessen an menschlicher Niedertracht, hast du damit, den in meinen Augen größten Abschaum hinter meinem Rücken zu Vertrauten gemacht", ätzte er.

Markus stand auf, ging um den Tisch zu Isabel, kniete sich vor sie hin und senkte den Kopf. „Aber...", schluchzte er, „...ich gebe dir eine zweite Chance, und zwar eine ehrliche; vor über 20 Jahren habe ich dir gelobt, für dich und unsere ungeborenen Kinder zu sorgen - in guten, wie in schlechten Zeiten - und dir treu zu sein. Und es war das Leichteste auf der Welt für mich, weil ich dich liebe und das hat sich bis zum heutigen Tag nicht geändert."

Kapitel 18 - Die Geburtstagsparty

S ein Freund Peter feierte einen runden Geburtstag und lud zum großen Geburtstagsfest in ein Wiener Nobellokal. Ihm war nicht bewusst, dass es der beste Abend seit einiger Zeit werden sollte.

Sie hieß Katrin, kam aus Telfs in Tirol und war unbestritten das „Tirolerischste" was Markus bisher passiert war. Sie war die einzige Kellnerin im Lokal und sie war keck und weckte sein Interesse von erster Sekunde. Markus flirtete mit ihr und merkte sofort die Fassade, die durch jahrelanges Arbeiten als Kellnerin Schutz vor ungebetenen Flirtversuchen von männlichen Gästen errichtet worden war. Er durchbrach sie verhältnismäßig leicht und erfuhr, dass sie o.B. und 28 Jahre alt war. Und das sie an ihrer Master Arbeit für das Studium der Publizistik und Kommunikationswissenschaften arbeitete. Er stupste sie weiter und erfuhr, dass sie schon lange Arbeit in der Verlags-bzw. Kommunikations-Branche suchte, und desillusioniert war, weil sie so lange nichts gefunden hatte und immer noch als Kellnerin arbeiten musste. Markus hörte sich zu Katrin sagen: „Das ist schwer, wenn man niemanden kennt, kein Netzwerk hat. Ich kenne ein paar Leute bei Zeitungen und Verlagen und kann dir vielleicht helfen und er meinte es ganz und gar ehrlich." Einschränkend sagte er: „Aber ich kann natürlich nichts versprechen." Er spürte ihre Jugend und Weiblichkeit und sie reizte ihn sehr. Er empfand es wunderschön mit ihr zu flirten und lässig an die Bar gelehnt hörte er sich Sätze sagen wie: „I mag nimma tanzen, darf ich weiter mit dir flirten?" und so flirtete er immer wieder mit ihr, ohne dass seine Freunde und Bekannten es mitbekamen, so hoffte er jedenfalls. Und zuletzt gab er ihr seine Handynummer, vor allem da sie zögerte ihm ihre zu geben. Nicht einmal zum Abschied konnte er sie auf die Wangen küssen, da das aufgefallen wäre und so war der Abschied nicht mehr als ein sanfter Kuss auf seine rechte Hand, die er ihr leicht zudrehte, aber er merkte, dass sie Notiz davon nahm. Und so trennten sich ihre Wege.

Er rang ein paar Tage mit sich und eines Abends formulierte er folgende mail - an eine im Internet gefundene e-mail des Lokalbetreibers - mit so gut wie keiner Hoffnung, dass Katrin sich bei ihm melden werde, jedoch mit der Befürchtung, dass er für diese Frau in seinem momentanen Zustand wohl nichts Gutes bringen würde.

Hallo Arnold,

ich muss dich auf diesem Weg um eine kleine Sache bitten und entschuldige mich dafür, dich dafür zu „missbrauchen"; kannst du das bitte bei passender Gelegenheit an Katrin (die Telfserin

ohne Bekenntnis, die bei dir arbeitet) weiterlei-
ten? Du würdest mir einen kleinen Gefallen er-
weisen:

...

Es war eine wirklich schöne Überraschung dich
letzten Samstag kennen zu lernen. Ich hoffe, es
geht dir schon ein bisschen besser mit deiner
Verkühlung.

Also, so lange musst du mich ja auch nicht warten lassen mit deinem Anruf. Ich weiß, i sollt
sagen: „such dir lieber einen Jüngeren", aber
stattdessen sag ich zu dir „lass uns ausgehen". In
Wirklichkeit ist es eh ganz einfach: Ein date. Um
mehr bitte ich dich ja nicht; Danach hast du eh
genug von mir ☺. Was soll dabei schon passieren. Oder sag mir halt, „schleich dich". Wär a
bissl schirch, aber besser als nix von dir zu hören.

Bis bald,

Markus

Kapitel 19 – Die Hotelangestellte

An diesem Tag hatte Markus eine Eingebung und folgte seiner Intuition. Er steuerte sein Auto in Richtung des Wiener Hotels, in dem Isabel und Timmy eine Liebesnacht verbracht hatten. Er parkte den Wagen im Halteverbot auf dem Bahnhofsgelände und ging in die Hotellobby. Nachts zuvor hatte er das Gespräch einige Male im Kopf durchgespielt. Markus begann mit der Hotelangestellten hinter der Rezeptionstheke zu flirten und schmeichelte ihr was das Zeug hielt. Eine junge, rassige, rothaarige Hotelbedienstete und es machte ihm an diesem Tag sogar Spaß mit ihr zu flirten. Auf ihrem Namensschild wurde ihr Name verraten und sie trug den Namen Amelie. Er erklärte Amelie seine apokalyptische Situation und sie hatte Verständnis und Mitgefühl für seine Not und seinen Schmerz. Allerdings erklärte Amelie ihm, dass das Hotel aus datenschutzrechtlichen Gründen keine Videoüberwachung in den Zimmern erlaubte und durchführte. Und nach ein wenig mehr des Plauderns beendete Markus das Gespräch und ging langsam in Richtung Ausgang. Als er den Ausgang schon fast erreicht hatte, hielt ihn eine weiche, weibliche Hand am Oberarm zurück. Es war Amelie. Sie bedeutete ihm unbeholfen mitzukommen. Sie zog ihn in den hinteren Bereich der Lobby und sagte: „Offiziell haben wir keine Videoüberwachung im Haus, jedoch habe ich mit den beiden Nachnamen, die sie mir gegeben haben im Reservierungs- und Buchungssystem recherchiert und die besagte Nacht eruieren können. Das was ich Ihnen jetzt sage, haben sie nie gehört und dieses Gespräch hat nicht stattgefunden. Das besagte Hotelzimmer, in dem die beiden damals übernachtet hatten, wurde zufälligerweise nur kurze Zeit davor für eine verdeckte Ermittlung genutzt und mehrere versteckte hochauflösende Kameras und zwei Mikrofone befanden sich noch immer in diesem Zimmer sowie auch einigen weiteren Zimmern auf genau dieser Etage." Amelie konnte nicht genau sagen, ob die Kameras in jener besagten Zeit liefen, aber sie sagte zu ihm: „Kommen Sie morgen Nachmittag, um 16 Uhr wieder ins Hotel, ich werde sehen, was ich bis dahin heraus finden kann."

In dieser Nacht machte Markus kein Auge zu und er wälzte sich - wie schon gewohnt - schlaflos von einer Seite auf die andere. Tags darauf konnte er es nicht erwarten seine Arbeit zu beenden und sich auf den Weg zu machen. Um 15:45 Uhr war er im Hotel und fürchtete, dass alles nur ein Traum gewesen war und Amelie nicht auftauchen würde. Er fühlte sich kleinlich und kindisch dabei. Aber der Detektiv in ihm ließ ihm keine Ruhe und er wollte mit eigenen Augen sehen, was Isabel ihm verschwieg. Isabel konnte ihm bei seinem Vorwurf: „Timmy ist so ein klasser Kerl für dich und er hat dich so viel besser gefickt, als ich dich", nicht einmal in die Augen schauen, geschweige denn dagegen protestieren. Er wollte einfach mit eigenen Augen sehen, was da vorgefallen war, dass Isabel so begeistert war von Timmy und was er, Markus, ihr offenbar nicht verschaffen konnte. Außerdem wollte er Klarheit und Gewissheit, ob Isabel ihn bei gewissen sexuellen Details angelogen hatte oder nicht. Das war wohl so eine Männlichkeitssache.

Plötzlich riss ihn Amelie aus seinen Gedanken, in dem sie sich neben ihn setzte und ihn mit ihren geheimnisvollen, blauen Augen betrachtete. Amelie ließ sich nichts anmerken und er konnte nicht erkennen, ob sie Erfolg gehabt hatte oder nicht. Dann lehnte sie sich zu ihm vor und flüsterte: „Wir haben unglaubliches Glück, das Videosystem wird durch Bewegung aktiviert und es war in jener Nacht tatsächlich noch aktiv." Er begann zu schwitzen und wurde nervös. Damit hatte er nun wirklich nicht gerechnet. „So viel Glück gibt es doch normalerweise gar nicht" dachte er bei sich. Amelie überreichte ihm einen kleinen USB Stick. Er griff in seine Geldbörse und zog einen 500 EUR Geldschein heraus, um ihn ihr hinüberzureichen. Amelie lehnte sich zurück und sagte zu ihm: „Ich will kein Geld von Ihnen. Betrachten sie es als eine freundschaftliche Hilfeleistung von einer Betrogenen an einen anderen Betrogenen." Damit stand Amelie auf und ließ Markus einigermaßen verdattert zurück. Er würde Amelie das Geld in einem Kuvert gemeinsam mit einem Strauß Blumen per Boten zustellen lassen. Jetzt wollte Markus allerdings schnurstracks raus aus dem Hotel. Er lief herzklopfend zu seinem Wagen, sprang hinein und sein Puls wurde immer schneller. Er steuerte den Wagen in Richtung 1. Bezirk. Seine Gedanken rotierten und er übersah fast einen querenden Rettungswagen, der einen Einsatz hatte und mit Blaulicht aus dem nichts zu kommen schien. Was sollte er nun tun? Darüber hatte er nicht wirklich nachgedacht. Er hatte riesen Angst vor dem, was auf dem Daten-Stick zu sehen sein würde. Er parkte seinen Wagen in der Nähe der Urania am Rand des 1. Wiener Gemeindebezirks und marschierte die Stufen hinunter und ein Stück entlang des Kanals. Der sogenannte Wiental Kanal wurde seinerzeit als Entlastungskanal für den Rechten und Linken Wientalsammelkanal zwischen der Urania und dem Rüdigerhof in Wien errichtet. Er ließ sich auf einer der Sitzbänke nieder und stellte sicher, dass er alleine und ungestört war. Er zog seinen Computer aus seiner Arbeitstasche und startete das Betriebssystem, meldete sich an und steckte den USB-Stick in das UBS-Port und wartete kurz. Er nahm all seinen Mut zusammen und hielt den Atem an. Im Datei-Explorer selektierte er das externe Speichermedium und sah auf dem Bildschirm den Dateinamen einer Video-Datei, was auch an der File-Extension zu erkennen war. Er steuerte den Pfeil mit dem Touchpad über die Datei. Er begann zu schwitzen und sein Puls musste jetzt bei über 175 Schlägen pro Minute liegen. Er klickte auf die Datei und begann stumm zu beten.

Kapitel 20 - Das Foltergefängnis

Was Markus an jenem Nachmittag am hochwasserführenden Wiental Kanal auf seinem Computer ansehen musste, veränderte ihn. Es veränderte seine Seele. Es nahm ihm alles und schmetterte ihn in einen Abgrund, vergleichbar mit der Dunkelheit eines schwarzen Lochs im Weltall. Er schien förmlich in dieses schwarze Loch hinein gezogen zu werden, und er bezweifelte in diesem Moment, dass er jemals wieder hinausgelangen würde.

In Gedanken hallte ihre Stimme in seinem Kopf wider; Isabel sagte: „Meine Mutter hat am Telefon gesagt, dass sie hofft, dass du nicht nachtragend bist". Diesen Satz sagte Isabel zu ihm, kurz nachdem er es erfahren hatte und bei einem der ersten Gespräche mit Isabel. Je mehr Markus über diesen Satz nachdachte, desto mehr hasste er diesen Satz. Auf den ersten Blick die ausgesprochene Hoffnung einer Mutter und Großmutter, dass das Eheleben der beiden weitergehen möge. Auf den zweiten Blick eine latente Aufforderung auf ewig in einem Foltergefängnis zu leben.

So schwer hatte Markus es sich nicht vorgestellt. Seine Nächte waren durchzogen von regelmäßigen Albträumen und die Tage von häufigen Flashbacks zu den Momenten, an denen Timmy sich mit seiner Frau sexuell vergnügt hatte. Isabel hatte Markus so viele persönliche Details über Timmy anvertraut, dass Timmy die gleiche Hautcreme verwendet wie er, welche Schuhmarke Timmy bevorzugt, dass sie Timmys Bart so liebt. Sogar Timmys Urlaubsfotos und Fotos von dessen Familie hat sie Markus liegen gelassen, das eine Foto mit der Packung Schokoladelinsen auf Timmys nacktem Oberkörper, natürlich die gelbe Packung, die Beschaffenheit von Timmys Schwanz und was Isabel mit ihrem Mund damit gemacht hat. Unbedachte Sätze - in einer der Textnachrichten von Isabel an Timmy - wie: „Unsere Affäre zu verbergen ist einfacher, als mit meinem Ehemann das Haus aufzuräumen" ließen in Markus eine ungekannte Verachtung für Isabel hochkochen. Er konnte kaum noch schlafen, trank viel zu viel Wein und fühlte sich fortwährend wie in einem Schleier aus Realität und Traumwelt. Vor seiner Entscheidung Isabel eine zweite Chance zu geben, hatte er gedacht, „schwerer als lebenslänglich Folter a la irakischem Abu-Ghuraib konnte sein Leben doch wohl nicht werden." Aber langsam beschlich ihn der Verdacht, dass tägliches waterboarding vermutlich süßer wäre, als seine inneren Qualen. Markus konnte sich erinnern, dass er Isabel einmal sogar wortwörtlich sagte: „Wenn das von mir genommen werden könnte, würde ich mich dafür drei Tage lang durchgehend waterboarden lassen."

Er erinnerte sich zurück an den Kanal. Nachdem er das gesamte Video angesehen hatte, saß er einfach da. Er wusste nicht wie lange. Sein Kopf leer, sein Blick tot. Aus dem Augenwinkel sah er einen Läufer flussabwärts den Kanal herunter joggen. In Gedanken flehte er den Läufer an, eine Pistole zu ziehen und ihm eine Kugel in den Schädel zu jagen. Aber der Läufer hatte kein Erbarmen mit ihm, nahm gar keine Notiz von ihm und spulte sein Trainingsprogramm weiter ab. Die Ohren zugestöpselt mit einem MP3 Player trainierte der Mann vermutlich für den Wien Marathon. Als der Läufer an ihm vorüber war, nahm er einen Geruch wahr. Es roch nach Erdnüssen.

Markus wusste nicht ein noch aus. Hatte seine innere Orientierung völlig verloren. Die Schwindelanfälle, die ihn seit einigen Jahren völlig überraschend heimsuchten, nahmen an Intensität und Häufigkeit zu. Er fragte sich, wie lange er das noch aushalten würde. Er hörte Angelikas Stimme im Kopf und so viele Dinge, die sie gesagt hatte, welche ihm wohl helfen sollten, von Isabel loszukommen. Trotzdem sagte Angie zuletzt auch Dinge wie: „So viel, wie du die letzten Wochen in deine Beziehung zu Isabel investiert hast, hast du wahrscheinlich noch nie in deinem Leben investiert. Und, jetzt, wo alles geklärt und ausgesprochen ist, könnt ihr eigentlich weiter machen - ich denke, so intensiv wirst du vielleicht keine Beziehung mehr erleben." Aber das half Markus ganz und gar nicht, verwirrte ihn nur noch mehr. Dieses, geh weg von Isabel auf der einen Seite, aber bleib-doch-bei-ihr-Gelaber auf der anderen Seite machte ihn irrsinnig. Was war der richtige Weg? Eine Frage die sich vor ihm vermutlich schon viele Milliarden Menschen gestellt hatten, jedoch für Markus die alles entscheidende.

Kapitel 21 - Isabel

Isabel war unterwegs mit Ihren Kino-Freundinnen und der regelmäßige Kinoabend hatte sich vor mehreren Jahren etabliert. Nachdem Markus mit seinem Sohn vom Eislaufplatz heimgekommen war und die kleineren Kinder ins Bett gebracht hatte, meldete sich seine große Tochter am Telefon und erschöpft holte Markus auch sie noch vom Bahnhof ab.

Die letzten Nächte waren für ihn besonders schlimm. Kein Schlaf wollte sich bei ihm einstellen und er konnte Timmy einfach nicht aus seinen Gedanken verbannen. Tagsüber konnte er seinem Beruf nur schwer nachkommen und er war die meiste Zeit tief in Gedanken.

An diesem Abend bekamen Isabel und er sich via Chatt-Programm in die Haare, da Lisa Markus vieles geraten hatte, z.B. Isabel auch Bedingungen zu stellen, um die Beziehung neu auszurichten und Lisa an diesem Abend den Vorschlag gemacht hatte, dass „Isabel sich doch eine Arbeit suchen sollte und endlich etwas zum Familieneinkommen beizutragen und nicht mehr nur Champagner-trinkend über die Probleme anderer Leute herzuziehen."

Markus begann zu tippen und entgegnete: „Ich würd gern meine Schwester aus diesen Sachen raushalten. Das tut niemandem gut. Die haben ihre Probleme und wir haben unsere. Das, was

Lisa dir geschrieben hat, das kann man schon gelten lassen aus ihrer Perspektive. Ich hab schon Angst, dass sich da manches, wesentliches nicht ändern wird. Das besprechen wir bitte persönlich.

Und zu guter Letzt eine Beobachtung von mir: Weißt, Tim und du ihr seid euch in der Beziehung sehr ähnlich, dass euch eure Ehen ziemlich egal waren. Ganz offensichtlich nicht den Funken eines Zögerns gab es da oder second thoughts. Sicher, aus unterschiedlichen Gründen. Jedoch die Kaltschnäuzigkeit und die Oberflächlichkeit, die verbindet euch. Vermutlich kann man darauf ohnehin keine Beziehung oder gar Ehe aufbauen und das hast du wahrscheinlich irgendwann auch so gesehen. Letztlich ist es schon bezeichnend und zeigt, was er für ein Mensch ist.

Ich möchte, dass wir uns nie mehr anlügen, Isabel, weil sonst, wird das nicht funktionieren. Auch wenn die Wahrheit manchmal hart ist, sprechen wir sie bitte immer aus, so wie wir es empfinden."

Markus war todmüde und nahm ein Vollbad mit Rotwein und Popcorn und nach der Wanne fiel er in einen unruhigen Schlaf. Um kurz vor zwei Uhr früh weckte Isabel ihn tränenüberströmt und sie konnte nicht aufhören zu weinen. Er nahm sie in den Arm und ihre nackten Körper berührten sich. Isabel schluchzte: „Ich hab solche Probleme mit meinem Körper und als du mir einmal gesagt hast, ich soll meine Brüste vergrößern lassen, da hat mich das schwer getroffen; gerade mich, wo du doch genau weißt, was das für ein großes Thema für mich ist. Durch die Fehlgeburt damals. Das ich lange Jahre einen Freund an meiner Seite hatte, der nichts anderes tat, als an meinen Körper herumzunörgeln, mich klein zu machen und herabzusetzen. Dieser Freund hat mir damals verboten zu essen und mich zur Bewegung gezwungen und alle seine eigenen Probleme an mir ausgelassen. Ich fühle mich körperlich so unzulänglich, kann keinen vaginalen Orgasmus bekommen und weiß nicht, wieso ich meinen Körper so gar nicht mag, schon so lange. Timmy hat mir das Gefühl gegeben begehrenswert zu sein, es hat mich erregt, dass Timmy meinen Körper so geil gefunden hat, ihn so genoss."

Markus Verzog sein Gesicht in schmerzlicher Agonie bei diesem Gedanken, aber er hörte Isabel nur zu und er verspürte tiefe Trauer über das, was sie ihm anvertraute und in diesem kurzen Moment verstand Markus ihre weibliche Seele, besser als sonst.

Dann schwiegen sie einige Zeit und irgendwann durchbrach sie das Schweigen und sagte: „Ich liebe dich, von ganzem Herzen". Er begann zu weinen, nahm sie noch fester in seinen Arm und zog sie zu sich und erwiderte: „Und ich liebe dich."

Kapitel 22 - Katrin

Isabel saß in einer Runde mit Klagenfurter Freudinnen in einem Klagenfurter Bierlokal. Sie fühlte sich puddelwohl in ihrer Heimat und genoss den Dialekt, die vertrauten Gerüche und das Ambiente. Etwas in den Abend hinein sprach sie ein fescher Kärntner – Timmy - an und fragte sie: „Hast Lust auf a Bier?" Isabel fühlte sich geschmeichelt und nahm die Einladung an. Timmy flirtete was das Zeug hielt und es war für ihn so einfach, so selbstverständlich sie aufzureißen, wie einer Dreijährigen einen Schlecker wegnehmen. Nach einer Weile gingen sie aus dem Lokal vor die Tür. Sie schauten sich an, er zog sie zu sich her und begann sie leidenschaftlich zu küssen und sie erwiderte den Kuss. Es kribbelte in ihrem ganzen Körper, sie stand auf seinen Geruch und es war klar, Timmy gefiel ihr. Timmy glitt mit seinem Mund entlang ihres Nackens und begann ihren Hals zu küssen. Ganz plötzlich begann sie sich zu winden, entglitt seinen Küssen und stieß ihn mit beiden Händen von sich weg, und sie sagte: „Du bist ganz zweifellos ein geiler Typ, jung und perfekt, aber ich bin seit einer halben Ewigkeit verheiratet und ich liebe meinen Ehemann."

Mit einem Ruck erwachte Markus aus seinem Traum, etwas benommen und noch schlaftrunken. Er ging in die Küche und trank ein Glas

Wasser. Das Bewusstsein erlangte ihn mit der bitteren Erkenntnis, dass sein Traum nicht die Realität widerspiegelte und er begann leise zu weinen.

Nach einer Weile verebbte das Schluchzen und seine Gedanken wanderten völlig überraschend zu Katrin. Katrin hatte ihm vor zwei Tagen eine e-mail Antwort gesendet. Seiner Meinung nach viel zu förmlich, aber er verstand ihren natürlichen „Reflex" sich vorsichtig zu verhalten, insbesondere, da sie ja wusste, dass er Kinder und eine Ehefrau hatte, wenngleich er Katrin insgeheim anvertraut hatte, dass seine Ehe vor dem Aus stand. Außerdem wusste er ja fast nichts von Katrin, zum Beispiel auch nicht, ob sie in einer Beziehung lebte. Er vermutete jedoch, dass sie nicht mit ihm ausgehen würde, wenn dem so wäre. Markus freute sich bei dem Gedanken an Katrin, wohl wissend, dass das Daten ihm die Entscheidung mit Isabel nicht leichter machen würde und er fühlte sich wie ein Betrüger dabei, nur weil er mit Katrin geflirtet und gemailt hatte. Er erinnerte sich just in diesem Augenblick an Angelikas Aussage: „Sie hatte einmal ein Ehepaar zur Therapie gehabt, da hat der eine Partner dem anderen Partner erlaubt einmal fremdzugehen, quasi als Aufrechnung für das eigene Vergehen." Er hatte Angelika damals entgegengeschmettert: „Timmy wird meinen Charakter sicher nicht verändern, nicht dieser niederträchtige Wixer, von dem Arsch lass ich mich nicht verändern, niemals!"

Dann setze Markus sich an seinen Computer und begann ein mail zu verfassen:

Hallo Katrin,

du Arme. Dafür (Anm.: dass du so krank bist) musst du dich doch nicht entschuldigen.

Ich würde auch länger warten auf dich. Kannst am kommenden Samstag? Ich hol dich abends ab und dann was trinken oder essen, können wir ja noch spontan entscheiden. Ich muss zugeben, ich habe beruflich einiges zu absolvieren momentan, aber ich freue mich auf dich.

Übrigens, musste ja e-mail sein; du hast mir ja deine Telefonnummer nicht gegeben. ☺

Hasta pronto,

Markus

Zufrieden klappte er das Notebook zu und ihm war vollauf bewusst, dass so ein „alter Sack" wie er, einem so jungen, hübschen und intelligenten Mädel, dass das ganze Leben noch vor sich hatte, Kinder bekommen sollte und sich einen etwa gleichaltrigen Ehemann suchen sollte, sehr wahrscheinlich nicht das geben konnte, was sie vermutlich suchte und zweifellos verdiente. Nichtsdestotrotz fühlte er sich zu Katrin hingezogen und er wollte dem Nachgehen, sehen wohin es führt. Er freute sich auf seine erste, romantische Verabredung in über 20 Jahren. Und er hatte Schuldgefühle bei dem Gedanken. Aber Markus sagte sich, er solle nicht lächerlich sein. Bei dem Gedanken an Katrin fühlte er sich in seine Teenager-Tage zurückversetzt und er fiel wieder in einen wohligen und erholsamen Schlaf.

Kapitel 23 – Unmenschliche Schmerzen

Markus Handy vibrierte. Peter hatte ihm eben eine Text-Nachricht gesendet: „Ich sitze gerade mit dem Arschloch-Großkundenvertreter, mit dem mich meine Ex-Frau beschissen hat in einem Verhandlungsgespräch."

Er entgegnete: "Es tut mir so leid! Vielleicht hätte ich Arsch meinen Mund halten sollen. Aber die Typen können eigentlich nichts dafür, mein Freund" und er tippte ein weinendes Emoji dazu.

Peter entgegnete: „Wahrscheinlich wäre es besser gewesen, aber egal, es hat auch etwas Gutes gehabt, nämlich genau zu wissen, dass ich meiner Exfrau nie wieder vertrauen könnte und meine Entscheidungen richtig für mich waren."

Markus kam von der Arbeit nach Hause. Er setzte sich auf das gemeinsame Ehebett und Isabel saß daneben. Er hatte einen recht harten Arbeitstag hinter sich und ihm stand eigentlich nicht der Sinn nach zermürbenden Ehegesprächen. Trotzdem begann er: „Darf ich dich noch etwas fragen?" Isabel antwortete ein wenig zögerlich: „Ja, natürlich. Alles."

Markus blickte zur Decke des Zimmers und sagte: „Wenn du dir einen neuen Sportwagen aussuchst, der jünger, schneller und spritziger ist und ein brettel-hartes Fahrwerk hat - und wir nehmen an bzw. wir wissen du stehst auf geile

Sportwagen - wieso willst du dann noch mit dem alten, langsameren und weicheren Auto fahren?" Sie überlegte etwas und entgegnete: „Darauf habe ich eine Antwort für dich. Als Kind hatte mein Papa ein altes französisches Auto und ich bin als Kind immer ganz außen gesessen. Dort war die Sitzbank schon eingedellt und abgewetzt und ich habe diesen Sitzplatz im Auto geliebt (Anm.: Früher hat man keine Kindersitze verwendet). Als mein Vater irgendwann ein neues Auto angeschafft hat, habe ich den neuen Sitzplatz gehasst."

Markus schloss die Augen und dachte einige Zeit nach. Dann sagte er: „Die viel wichtigere Frage ist allerdings: „Wieso hast du dir dann einen neuen Sportwagen angelacht, wenn dir der alte so viel bedeutet hat?" Darauf hatte Isabel keine passende Antwort. Und ein unbestimmtes Gefühl sagte ihm, er würde von ihr niemals eine darauf bekommen. Er dachte nur: "Du hättest den alten Wagen doch einfach aufmotzen und überholen können" aber Markus sagte nichts.

Kapitel 24 – Das Geständnis

Die Beziehung zu Katrin hatte sich in letzter Zeit unglaublich intensiviert, so dass es Markus schon fast beängstigte, wie sehr ihn diese sinnliche und intelligente junge Frau begehrte. Zuletzt hatte Katrin Markus in einer Textnachricht wissen lassen, dass sie ihn unbedingt bald im Bett kennen lernen möchte. Katrin sagte so viele Dinge, die ihn begeisterten und die er an ihr liebte, aber tief im Herzen wusste er, dass Katrin nicht die Richtige Frau für ihn war.

Und so klappte er schweren Herzens seinen Laptop auf und begann zu schreiben:

Meine süße Katrin,

mich kostet das viel Mut, dir das zu schreiben. Ich habe die letzte Nacht wach gelegen und sehr viel nachgedacht und möchte dir alles sagen und nehme dafür meinen ganzen Mut zusammen. Ich bin momentan - wie du sicher mitbekommen hast - in einem emotionalen Ausnahmezustand und ziemlich sicher beeinflusst das mein Denken und Handeln. Isabel hat mir Schaden zugefügt, wie nur sie es konnte, mich auf grausamste Art und Weise hintergangen und betrogen. Das allerletzte, das ich will, ist dir Schaden zufügen oder das du wegen mir leidest. Du bist eine so großartige, kluge und erotische Frau, die schon so einiges im Leben erreicht hat und noch viel mehr erreichen wird. Dessen bin ich mir sicher.

Der Hauptgrund warum ich mich auf die Suche nach einer neuen, treuherzigen Lebens- und Weggefährtin gemacht habe, ist Isabels Betrug. Ein Teil von mir würde Sex mit dir haben, als Rache dafür, was Isabel mir angetan hat. Und du bist zu gut dafür, viel zu gut. Bist mir viel zu wichtig. Nicht, dass ich nicht gern Sex mit dir hätte, ich würde dir gern das Hirn rausvögeln. Wobei so kraftvoll und hart, wie ein 115 kg schwerer, muskelbepackter Deutscher Ringer (Anm.: Katrins Ex-Freund), würd ich dich vermutlich eh nie vögeln können, scherzte er. Wobei hart ja auch nicht unbedingt alles ist und ich mich als ganz gut im Bett bezeichnen würde, aber wer denn nicht, scherzte er weiter. Karten auf den Tisch, vermutlich wäre ich so nervös bei unseren ersten malen im Bett, auch weil ich seit einer Ewigkeit nur eine Frau habe und kenne, dass du möglicherweise ziemlich enttäuscht wärst. Ich wünschte nur für einen Tag so ein berechnendes, selbstzentriertes und abgebrühtes Schwein zu sein, wie der Typ, der meine Frau gefickt hat, aber ich bin es einfach nicht. Und normalerweise weiß ich, wer ich bin, mit allen Schwächen und Stärken.

Die Wahrheit und nichts als die Wahrheit ist, dass Isabel mein Herz am Bandl hat - seit dem Tag, an dem ich sie zum ersten Mal erblickt habe - seither immer hatte und vermutlich immer haben wird. Und das weiß sie leider auch genau. Dass ich ihr seit damals treu bin und trotz all der schmerzlichen Dinge, die sie mir angetan hat, vermutlich dennoch mein Leben geben würde, um ihres zu retten. Pure Dummheit oder wahre Liebe? Heute denke ich die Grenzen sind da vermutlich fließend.

Zurück zu uns. Was du mir gegeben hast, kann ich gar nicht in Worte fassen. Dass du mich so gut findest, so heiß begehrst, das hat mich wieder lebendig gemacht. Und seit diesem, meinem schlimmsten Tag war ich quasi tot, nur ein Schatten meiner selbst. Du bist phänomenal für mich, deine Energie ist berauschend und elektrisierend und damit hast du mich bezaubert und wiederbelebt. Katrin, du verdienst einen Mann, der dir alles gibt, für den du die wahre Liebe bist. Und ich weiß, du wirst ihn finden.

Egal wann wir uns wiedersehen, ich weiß, ich werde mich freuen & wohlfühlen dich zu sehen und ich hoffe, mit meinem ganzen Herzen, dass du mich verstehst und mir nicht böse bist oder jemals böse sein wirst. Ich schick dir nichts als positive Energie. Du bist und bleibst auf ewig meine süße Lieblingsstudentin.

Markus

Mit einem äußerst wohligen Gefühl in der Magengrube versandte Markus die e-mail an Katrin und klappte anschießend seinen Laptop zu. Er hoffte, sie würde ihn verstehen und es akzeptieren. Er konnte nicht umhin ein Lächeln in seinem Gesicht auszumachen und er verspürte seit wirklich langer Zeit wieder einmal dieses großartige, unvergleichliche Gefühl innerer Zufriedenheit.

Kapitel 25 – Die Entscheidung

Er verstand nicht, wieso Angelika von Anfang an so selbstverständlich davon ausging, dass er die Ehe mit Isabel beenden musste, während Isabel genauso selbstverständlich von Markus verlangte, dass er bei ihr bleiben musste.

Isabel und Markus saßen am gemeinsamen Esstisch in ihrem Wohnzimmer und Markus erinnerte sich aus irgendeinem Grund daran, dass einige Zeit vor der apokalyptischsten Entdeckung seines Lebens, der Ringfinger seiner rechten Hand, ausgerechnet an jenem Fingerglied, auf welchem sein Ehering steckte zu schmerzen begann. Markus dachte sich nichts dabei, und schmierte eine entzündungshemmende Creme darauf. Einige Zeit verging und die Entzündung wurde immer stärker und der Ringfinger schwoll immer mehr an. Zwischenzeitlich versuchte er nach kurzer Recherche im Internet den Ehering mit einem engmaschig um den Finger gewickelten Faden vom Finger abzuziehen, was leider mehrfach erfolglos blieb und ihm nur noch größere Schmerzen einbrachte. Seine Besorgnis nahm immer mehr zu, da sein Finger nun auf eine besorgniserregende Größe angeschwollen war und so wandte er sich an das örtliche Krankenhaus, welches Markus an den örtlichen Juwelier verwies. An einem Tag, an dem er die Schmerzen kaum noch aushielt, entschied er zu dem Juwelier zu gehen. Dieser informierte ihn kurzer Hand, dass der Ring mit einem Spezialsägewerkzeug vom Finger geschnitten werden musste. Er griff in eine Lade und förderte besagtes Werkzeug zutage. Der bewegliche Teil, die kleine kreisrunde Säge wurde mit einer kleinen Kurbel so lange betätigt, bis das Weißgold an einer Stelle unsauber durchschnitten war. Die ganze Prozedur dauerte nur wenige Minuten. Ohne zu wissen warum, war Markus übel bei dem Gedanken, dass sein Ehering, den er so gut wie nie vom Finger abgezogen hatte, auf diese barbarische Weise vom Finger geschnitten werden musste und eine undefinierbare Traurigkeit überfiel ihn dabei.

Als Markus am heutigen Abend an diesen Tag beim Juwelier zurück dachte, konnte er nicht umhin eine Vorahnung hineinzuinterpretieren, die er damals noch nicht greifen, noch nicht verstehen konnte.

Er sagte zu Isabel: „Du willst mir keinen Grund nennen und gibst mir damit nichts, um dir verzeihen zu können."

Markus: „Auf eine gewisse Weise stehst du Petra so nahe und das was sie dir gibt scheint dir gut. Petra hört dir zu, bei den für dich wichtigen Dingen und du hast so willentlich so viel zu ihr getragen, so viel von ihr aufgenommen und in unsere Ehe getragen und dich damit in Abhängigkeiten begeben. Und du ziehst Befriedigung aus all den Dingen, die du mit Timmy gemacht hast und nur Petra erzählt hast. Du hast dich in Timmy verliebt, der für dich seine Ehe beendet hat und dir den besten Sex deines Lebens gegeben hat, Du wolltest das so, du mochtest das, es definiert dich, und es ist dein Charakter. Für dich war das vielleicht alles nur ein Spiel. Aber du spielst mit den Gefühlen von Menschen, von Männern. Du hast in deinem Leben nur Gutes erlebt und noch nichts verloren. Du weißt nicht was Liebe ist."

Markus: „Vielleicht bin ich ein toxischer, analfixierter und patriarchalischer Arsch, der irgendwann aufgehört hat dir zuzuhören. Und ich habe dich mit meiner Schwere, diesem Müll aus meiner Kindheit, über all die Jahre belastet, hatte keinen Platz mehr für dich in mir. Und du hast lustvolle Rache genommen dafür, mit so viel schärferer Klinge hast du mir Wunden zugefügt, wie nur du es vermochtest. Die Wahrheit ist, dass ich Tim beneide, ihn beneide darum, was du ihm alles gegeben hast, was er dir bedeutet."

Markus: „Es tut mir leid, was ich dir angetan habe. Du bist eine so gute, unbekümmerte und fröhliche Frau gewesen. Die Frau, in die ich mich damals verliebt habe und für die ich ein besserer Mann sein wollte. Die Frau, die ich vermutlich immer noch liebe und in gewisser Hinsicht immer lieben werde. Er nahm Isabel in den Arm, hob sie in die Höhe und küsste sie."

Markus: „Ich kann nichts für die Dinge, die mir in meiner Kindheit widerfahren sind, sie wurden mir aufoktroyiert und haben mich definiert." Markus sah Isabel in die Augen und sagte: „Ich habe mein Ehegelübde nie gebrochen. Ich habe schon sehr Wichtiges verloren, geliebte Menschen, einen guten Freund bei einem humanitären Einsatz im Tschad, die eigene Mutter durch den Krebs, die Arbeit, aber selten zuvor habe ich mich mehr als Versager gefühlt, als neulich mit dir unter der Dusche. Du bist eine Frau und kein Mann und ich erwarte nicht, dass du das verstehst. Ich kann so nicht leben. Ich erbitte die Scheidung von dir."

Jetzt war Isabel in Rasche. Plötzlich schlug sie Markus mit der flachen Hand und mit all ihrer Kraft ins Gesicht. Entsetzt von sich selbst, ihm so eine Ohrfeige zu verpassen, schrie sie auf ihn ein: „Sei nicht so verdammt schwer und nimm die Dinge endlich leichter. Seit langer Zeit sage ich zu dir, such dir Hilfe und arbeite deine Vergangenheit auf. Ich liebe dich und ich will deine Frau sein!"

Markus schwieg. Dann entgegnete er ungerührt: „Ich hoffe, dass ich – im Gegensatz zu Petra – deinen guten Rat annehmen kann; ich hoffe, es wirklich. Ich kämpfe so hart dafür."

Kapitel 26 – Das Ende

Markus liegt im Bett. Isabel liegt neben ihm. Markus fragte sie: „Vermisst du manchmal deine Heimat?" Sie gab ihm keine Antwort. Dann bat er sie mit ihm zu schlafen. Und dieses Mal war anders, als alles, was er zuvor mit ihr erlebt hatte. Sie ließ sich fallen und gab sich ihm hin, wie nie zuvor. Es war mehr, als Leidenschaft. Und es gelang ihm das, was noch nie zuvor ein Mann bei ihr geschafft hatte. Es war unbeschreiblich. Es war poetisch. Isabel sah ihn an und er sagte zu ihr, halb im Scherz: „Ich kann dieses neu gewonnene Selbstvertrauen in Zusammenhang mit dir ganz gut gebrauchen." Sie antwortete neckisch: „Sei still." Dann wartete Isabel etwas und sagte nur: „Ich liebe dich." Und er entgegnete: „Und ich liebe dich."

Er stand inmitten einer langen Brücke für Fußgänger die über einen breiten Fluss gespannt war. Es war neblig und ihm fröstelte. Plötzlich lichtete sich der Nebel und er sah etwas weiter vor sich Angelika stehen. Angelika schaute zu ihm. Sie war wunderschön. Dann drehte sie sich um und entfernte sich langsam von ihm. Ganz auf der anderen Seite der Brücke tauchte plötzlich Isabel aus dem Nebel auf und rief ihm zu: „Ich liebe dich, komm zu mir zurück!" Er stand da in der Mitte und bewegte sich nicht. Ohne jeden Zweifel, war es die schwerste Entscheidung seines Lebens. Und auf einmal war sein Herz und seine Seele im Einklang mit dem Universum und ohne zu zögern lief er in die Richtung von Angelika. Aber nach nur kurzem Laufen schien ihn eine unsichtbare Kraft davon abzuhalten zu ihr zu gelangen. Verzweiflung stieg in ihm auf und er aktivierte alle Kraft, die er zu Verfügung hatte. Und tatsächlich, etwas löste sich um ihn herum und er erreichte Angelika. Angelika drehte sich zu ihm um und Markus legte seine Hände zärtlich auf ihre Wangen. Er sah ihr tief in die Augen und beide spürten eine Verbindung, wie sie wohl nur bei Seelenverwandten existierte. Er wollte Angelika sagen, dass er sie liebte, aber konnte es nicht. Er wollte ihr zärtlich ins Ohr flüstern: „Du trägst den Schlüssel zu meinem Herzen in dir Angie und du gehörst zu mir." Aber er tat es nicht. Stattdessen küsste er Angelika behutsam auf die Lippen und spürte dabei ihren wohlig warmen Atem auf seiner Haut. Sie standen da und hielten sich fest. Die Zeit schien still zu stehen.

Während Angie und er da standen dachte er: „Du bist vielleicht die wahre Liebe meines Lebens und ich die deine!" Dann ließ er Angelika los und wandte sich um, er ging los auf das andere Brückenende zu, wo Isabel auf ihn wartete und er blickte zurück auf ihr gesamtes gemeinsames Leben und alles, was Isabel ihm bedeutete. Als er etwa in der Mitte der Brücke angekommen war, blieb Markus stehen, ohne genau zu wissen wieso. Er lehnte sich an das Brückengeländer und war tief in Gedanken, fast in Trance. Es traf ihn, wie ein Blitz aus heiterem Himmel und plötzlich sah er so klar, wie noch nie zuvor in seinem Leben. Alle Zweifel waren von ihm abgefallen.

Eine Melodie nahm von ihm Besitz und Kindheitserinnerungen wurden geweckt. Es war eine Klaviersonate, die sein Vater häufig am Klavier anstimmte, als er damals noch regelmäßig spielte und Markus noch ein kleiner Junge war. Unverkennbar Klaviersonate Nr. 14., op. 27. Nr. 2 in cis-Moll und zwar III. Presto agitato. Die Mondscheinsonate, die „Sonata quasi una Fantasia" von Ludwig van Beethoven.

Markus würde sich den Glauben an die wahre Liebe nicht nehmen lassen, von niemandem. Er war im Einklang mit sich selbst. Getragen von dieser vertrauten Melodie in seinem Kopf wusste er, was er wollte. Er schloss seine Augen und er traf seine Entscheidung. Und dann lief er los.

Ende

Epilog

Es ist ein wunderschöner Sommermorgen und Markus sitzt auf einer roten Gartenbank. Die Sitzfläche der Gartenbank besteht aus einem Kunststoffseil, dass durch Dutzende Wicklungen um den mettallernen Rahmen eine Sitz- und Lehnfläche bildet. Er fährt mit seiner Hand zwischen die Kunststoffseile und drückt die Kunststoffseile auseinander. Ihm ist langweilig. Da hört er eine gellende Stimme. Er springt auf und läuft zu den Stufen. Er springt über die Stufen nach unten, dann das kurze Stück über die Wiese der Bachpromenade, gleich links von der Bachbrücke, über die letzten Stufen weiter hinunter zum Bach. Seine Cousine - Renate - hatte eine Forelle gefangen, mit der bloßen Hand, direkt unter dem großen Stein. Markus bewundert sie dafür. Er nimmt einen Stein aus dem Bachbett und schleudert ihn mit ganzer Kraft bachabwärts, zwischen Brückengeländer und hölzernem Brückenboden hindurch. Renate schimpft mit ihm, weil ihr die Forelle dadurch entkommt. Dann gesellt sich sein Cousin, Renates Bruder, zu ihm und gemeinsam bauen sie einen Damm im Bach, um das Wasser aufzustauen. Es sollte einer der heißesten Sommertage der letzten Jahre werden und der Teufelsgraben zeigte sich ganz zweifellos von seiner idyllischsten Seite. Einige Zeit später ruft Renate alle zusammen. Markus zählt sechs Cousinen und Cousins, einen Nachbarsbuben und nicht zu vergessen, seine kleine, nervige Schwester. Renate hatte eine Schatzsuche geplant und akribisch vorbereitet. Alle sind dabei. Und es geht los. Er läuft bachaufwärts und springt weiter oben auf die Bachpromenade, an jener Stelle, von der die Familie einmal im Jahr die Kerzen-Schiffchen ins Wasser setzt. Ein Familienritual, dass im Dunkeln ein ganz besonderes Schauspiel für die Kinder ist. Jetzt läuft er über die Böschung hinauf, durch den Wald in Richtung der alten Schuppen, als er einen Schrei hört. Zuerst denkt er, seine kleine Schwester hat sich verletzt - das wäre typisch - aber dann merkt er, dass sie einen versteckten Hinweis bei den Schuppen, etwas unterhalb der Reh-Wiese, entdeckt hatte. Alle Kinder laufen zusammen und überlegen, wie sie am besten weitersuchen und sich dabei möglichst gut aufteilen, um den Schatz schnell zu finden. Markus läuft von den Schuppen in Richtung Autoparkplätze und sein Blick streift den angrenzenden Friedhof, der nur einen Steinwurf entfernt ist. An diesem Tag konnten die Seelen der Verstorbenen auf dem Friedhof das Kinderlachen weithin hören und die Lebenden und Toten waren auf mystische Weise miteinander verbunden. Für die Kinder zählt alleinig das, von Renate gewohnt gut geplante Spiel. Als Markus in Richtung des Zufahrtsweges weiter laufen möchte, hört er eine ihm vertraute Stimme vom Haus her.

„Mittagessen ist fertig, alle Kinder Händewaschen kommen!", ruft seine Großmutter. Sie steht am aufgeschobenen Verandafenster, der Verandavorhang zur Seite geschoben, mit Blick auf die sonnendurchflutete Reh-Wiese und winkt ihm zu. Der Großvater war im Lehnsessel der Veranda eingeschlafen, während die Großmutter das Mittagessen gekocht hatte und das ganze Haus duftet nach köstlichen Essensgerüchen. Die Kinder beginnen sich gegenseitig zu rufen und einige Zeit später sitzen alle rund um den Gartentisch, in der Nähe der Ribiseln, und essen gemeinsam zu Mittag. Der Geruch eines unbeschwerten Kärntner Sommers liegt in der Luft. Die Zeit vergeht wie im Flug. Sie sind Kinder und sie sind glücklich.

Danksagung

Mein Dank gilt,

meiner Ehefrau, die mir stets weise Ratgeberin ist und mich versteht, wie niemand sonst; Sie ist die fürsorgliche Mutter unserer perfekten Kinder,

einer erfahrenen und gütigen Psychotherapeutin, die mir mitunter Einblick in den Therapie-Alltag gegeben hat, und mir mit Rat und Tat zur Seite stand,

einem Polizisten, der all meine Fragen geduldig beantwortet hat,

der Stadt Wien, dem Land Kärnten, der Stadt Klagenfurt und Velden,

dem Österreichischen Alpenverein,

verschiedenen IT-, Finanz-, und Social Media-Webseiten,

meiner Schwester und ihrem Ehemann,

unserer Familie und unseren Freunden.

Und natürlich danke ich Ihnen, liebe Leserin, lieber Leser für Ihr Interesse!

In Memoriam

Karin Anna

Leseprobe

Mehr von Alexander Frank

Kapitel – Der Tschad

Seit rund zwei Tagen verschanzten sie sich nun schon in einem verlassenen, völlig demolierten Haus, das nur noch als Ruine bezeichnet werden konnte. Martin und sein Kamerad, zwei Unteroffiziere, waren in einer brenzligen Lage. Sie waren von Ihrer Kompanie abgeschnitten worden und wussten nicht genau wo sie sich befanden. Sie hatten kaum noch Hoffnung und sie hatten keine Ahnung, dass ihnen das Allerschlimmste noch bevorstand.

Begonnen hatte alles plangemäß. Als Teil der Mission MINURCAT ("United Nations Mission in the Central African Republic and Chad") landeten sie am Flughafen von N'Djamena. Gemeinsam mit ihren Kameraden aus anderen Staaten wollten die Soldaten den Menschen vor Ort helfen und ihnen Hoffnung auf eine bessere Zukunft geben. Für Martin war damals sofort klar gewesen, dass er bei dieser sinnstiftenden Mission an vorderster Front dabei sein musste. Die Zahlen waren erschütternd. Der blutige Konflikt hatte bereits rund 250.000 Tote und 2,5 Millionen Flüchtlinge hervorgebracht. Im Tschad selbst befanden sich etwa 256.000 Flüchtlinge aus dem Westsudan und 180.000 Binnenvertriebene. Die Menschen in der sudanesischen Region Darfur litten unter den bewaffneten Auseinandersetzungen zwischen Rebellenbewegungen und der Zentralregierung in Khartum. Im Kampf gegen die Aufständischen unterstützte die Regierung vor allem lokale Reiter-Milizen. Diese Milizen gingen nicht nur gegen Rebellen, sondern auch gegen die Zivilbevölkerung mit unmenschlicher und gnadenloser Härte vor.

Martin hatte am Vortag Motorengeräusche wahrgenommen. Er sagte zu seinem Kameraden: „Ich glaube die feindliche Miliz hat Verstärkung bekommen. Die Söldner verschanzen sich nun schon so lange, wie wir. Ich habe Angst Bernhard. Was, wenn sie uns erwischen? Was sollen wir nur tun? Ich will nicht sterben!"

Bernhard entgegnete: „Wir sollten Ruhe bewahren, hier bleiben und abwarten, ob sich unsere Truppen zu uns durchschlagen können." Aber Bernhards Hoffnung war gering, dass das zeitgerecht geschehen würde und seine Angst, die er bestmöglich zu verbergen suchte, war so groß, wie die von Martin, wie er fürchtete.

In etwas Entfernung hörten die beiden österreichischen Soldaten ein metallisches Klirren und dann ein Surren. Das Projektil zerfetzte Bernhard den rechten Schulterbereich und Blut spritzte aus der klaffenden Wunde. Martin schrie laut auf und stürzte Bernhard zu Hilfe. Er presste beide Hände auf die Wunde des jungen Mannes und versuchte die Blutung zu stoppen. Ihm wurde übel und er konnte sich nur mit Mühe zusammen nehmen, sich nicht zu übergeben.

Ein paar Minuten kamen ihm wie eine Ewigkeit vor, und plötzlich spürte er einen dumpfen Schmerz am Hinterkopf und einige Zehntelsekunden später wurde alles schwarz um ihn herum.

Kapitel – Die Hinrichtung

Er erwachte mit sengenden Kopfschmerzen und wusste nicht wo er war. Es war völlig dunkel und er lag auf dem erdigen Boden. Es schmeckte nach Eisen und er ertastete mit seiner Zunge Blut, das in seinem Mundwinkel getrocknet war. Langsam kam er zu sich und tastete mit seinen Händen seinen Hinterkopf ab. Er spürte eine ordentliche Platzwunde und noch etwas anderes, was wohl ebenfalls getrocknetes Blut vermengt mit Dreck und Erde sein musste. Martin hatte keine Orientierung und begann sich kriechend auf dem Boden fortzubewegen. Nach rund zwei Metern stieß er an etwas an und ertastete Bernhards Oberkörper. Die braune Uniform war an der Schulter zerfetzt. Sofort presste er sein Ohr auf den Brustkorb von Bernhard und wie durch ein Wunder, konnte er einen Herzschlag ausmachen. Schwach, aber ganz eindeutig wahrnehmbar. Martin legte seine Hand auf den Brustkorb seines Kameraden und spürte das Heben und Senken, welches durch die Atmung hervorgerufen wurde. Martin rüttelte seinen Kameraden vorsichtig, jedoch ohne Erfolg, Bernhard blieb ohne Bewusstsein. Martin drehte seinen Kameraden in die stabile Seitenlage, mit der verletzten Schulter Richtung Decke des kleinen Raumes, in dem sie gefangen waren. Die Wunde auf seinem Kopf pulsierte und sein Schädel schmerzte furchtbar. Er legte seinen Kopf an den von Bernhard, um seine Atmung zu spüren und nach einiger Zeit driftete er in einen Dämmerzustand.

Martin erwachte erneut mit stechenden Schmerzen. Er wusste nicht, wie lange er weg war. Er drehte sich zu Bernhard und ohne jede Hoffnung auf eine Reaktion, flüsterte er ihm ins Ohr. Plötzlich zuckte Bernhard, fast so, als ob der Schmerz Stromimpulse durch seinen Körper sendete. Martin nahm seinen Kopf zwischen seine Hände und stützte ihn. Bernhard wollte offenbar etwas sagen, aber es fehlte ihm die Kraft. Martin sagte: „Ruhig, ruhig, nicht sprechen. Schone deine Kräfte." Aber Bernhard hörte nicht auf Martin. Er begann zu flüstern: „Das, was wir da gesehen haben, darf nie eine Menschenseele erfahren." Er hatte große Schmerzen beim Sprechen, aber Martin hatte sein Ohr ganz nah zum Mund seines Kameraden gebeugt und hörte nur zu. Nach einer kurzen röchelnden Pause von Bernhard, setze er fort: „Du bist einer der wenigen Männer, denen ich mein Leben jederzeit anvertrauen würde, im Kampf blindlings darauf vertraue, dass du mein Leben schützt, wie dein eigenes. Es war mir eine Ehre mit dir zu dienen und zu kämpfen. Sag ihr, dass ich sie liebe." Martin rannen Tränen über die Wangen. Er war gerührt. Martin unterbrach Bernhard: „Hör auf in der Vergangenheit zu sprechen, als ob du tot wärst und schone dich. Du brauchst alle Kraft. Kämpfe dagegen an. Ich hol dich hier raus. Das verspreche ich dir." In dem Moment erinnerte sich Martin an die Verabschiedung am Flughafen. Bernhards Ehefrau, eine wunderschöne Rothaarige, küsste und umarmte ihn zum Abschied. Die beiden erwarteten kommenden Herbst ihr erstes Baby.

Plötzlich öffnete sich an einer Seite des Raumes eine Tür und drei Männer ergriffen Martin und Bernhard. Einer der Männer schlug Martin mit der nackten Faust ins Gesicht, so dass Martin das Bewusstsein verlor. Sie erwachten in einem spärlich beleuchteten, größeren Raum und Martin befand sich gefesselt auf einer Art Tisch, der nach unten geneigt war, so dass sein Kopf deutlich tiefer lag, als sein Rumpf und seine Beine. Im Augenwinkel konnte er Bernhard sehen, der bewusstlos in einer Ecke des Raums lehnte. Martin war voller Panik. Er dachte an seine Mama. Dann sah er einen der drei Männer auf ihn zukommen, er hatte einen Fetzen und einen Kanister mit einer Flüssigkeit in der Hand und näherte sich dem schiefen Tisch, auf dem Martin festgeschnallt lag. Der Mann band Martin eine Art Halstuch um die Augen, so dass es dunkel um ihn herum wurde und fixierte Martins Schädel mit einem Gurt zwischen zwei Blöcken, so dass er völlig bewegungsunfähig war. Martins Herzschlag beschleunigte gewaltig. Als der Mann ihm den Lappen in den Mund schob, pinkelte sich Martin an. Er war in einem Zustand heller Panik. Er begann still zu beten und versuchte sich an seinen großen Bruder zu erinnern, der ihm stets Vorbild war. Dann begann die Flüssigkeit seinen Mund zu füllen und er bekam keine Luft. Auch nicht durch die Nase, die ebenfalls unter dem großen Lappen Wasser zog. Er wollte schreien, aber alles was er spürte, war Wasser. Ein nicht enden wollender Strom von Wasser ergoss sich über ihn. Martin würgte und sein Körper begann zu zucken. Alle Muskeln in seinem Körper waren angespannt, wie nie zuvor. Es fühlte sich an, als würden Sekunden zu Jahren werden. Er wusste, er würde das nicht überstehen. Tränen und Wasser durchnässten seine Augenbinde und dann verlor er das Bewusstsein.